U0889597

我的
超能男友
-系列 03-

大鱼

有爱的青春陪伴者

木容
—著—

那颗星星吻过我

北方联合出版传媒（集团）股份有限公司
春风文艺出版社
·沈阳·

图书在版编目（CIP）数据

那颗星星吻过我 / 木容著. — 沈阳 ：春风文艺出版社，2021.3
ISBN 978-7-5313-5864-0

Ⅰ. ①那… Ⅱ. ①木… Ⅲ. ①长篇小说－中国－当代
Ⅳ. ①I247.5

中国版本图书馆CIP数据核字(2020)第181167号

那颗星星吻过我

责任编辑：王晓娣
助理编辑：冯　烨
特约编辑：伍　利　徐俊俊
责任校对：陈　杰
封面绘画：王点点
封面设计：颜小曼
版式设计：西　楼
幅面尺寸：880mm×1230mm
字　　数：198千字
印　　张：8.5
版　　次：2021年3月第1版
印　　次：2021年3月第1次

出版发行：北方联合出版传媒（集团）股份有限公司
春风文艺出版社
地　　址：沈阳市和平区十一纬路25号
邮　　编：110003
网　　址：http://www.chunfengwenyi.com
购书热线：024-23284402
印　　刷：长沙鸿发印务实业有限公司

ISBN 978-7-5313-5864-0　　定价：39.80元

目录

NAKEXINGXING
WENGUOWO

CONTENTS

目录

NAKEXINGXING
WENGUOWO

CONTENTS

第一章

哇！仿真机器人

NAKEXINGXING
WENGUOWO

“警告，飞船正在穿越流星雨，请谨慎驾驶。”

归璨暗自捏了一把冷汗。在星际航行中遭遇流星雨，往往就意味着罹难。果不其然，船体忽然猛地一抖，语音系统再次开始播报：“导航系统严重受损，飞船无法正常行驶，请立刻迫降。”

归璨的声音仍然很镇定：“离这里最近的星球是哪个？”

“地球。”

“地球啊……”归璨叹了一口气，随即下达指令，“准备迫降。”

飞船猛地加速，穿过了大气层。归璨闻到了一股浓浓的焦灼味道。

“即将迫降，迫降地点已计算完毕。”

语音系统播报完后，飞船就轰然触了地。

观察窗口开始自动清洁。归瓈向外看去，发现自己似乎是掉进了一座荒山。

万幸，没有地球人。

归瓈瘫倒回座椅上，长舒一口气：“导航系统还能修好吗？”

“发现缺少维修需用的必要元件。”语音系统仍在尽职地工作着，“正在为您探测附近的阿尔法元件。”

阿尔法元件是导航系统的核心部件。在他的母星异星球上，这种元件被广泛应用于各种领域，但在科技落后的地球，想找到一件阿尔法元件无异于痴人说梦。

“已检测到附近的阿尔法元件。”

归瓈几乎不敢相信自己的耳朵。

“正在计算具体位置坐标。”语音系统从来没出过错，“坐标已计算完成。”

归瓈只好离开飞船，前往系统指示的地方。

目的地是一座乡间小屋，门窗都上了锁，似乎没有人在这里居住。

地球上的物理门锁根本拦不住他。归瓈伸出手，原本紧锁的门锁就自动弹开了。

阿尔法元件发出的特殊波段越来越强烈，归瓈顺着感应到的波段，很快就找到了自己要找的东西。

一个奇形怪状的木制小盒子被放在了书柜的架子上。看来阿尔法元件就装在里面。

归璨伸手去拿，可手才触碰到盒子，一道强光就在眼前闪过，随即又麻又痛的感觉席卷全身。

“是电……”

昏迷前，归璨意识到，自己是被强电流击晕了。

为什么这个阿尔法元件上会有强电流防盗装置？

给我的暖暖：

没想到我在这个世界上的旅程这么快就结束了。很抱歉我不能继续陪你了，但你已经长大了，应该不会再让我担心了吧？

我一直没有想好该送你什么分别礼物。能有什么礼物配得上生离死别呢？答案是无解。所以，我选择把我留下的一切都送给你。律师应该已经来找过你，交接我名下所有的财产了。过几天，还会有人来找你交接我续存的专利。

再有就是我精心替你准备的小礼物了。那个小礼物就放在我的书房里。顺带一提：那可是爷爷我年轻时的样子。

希望你会喜欢。

永远爱你的爷爷，吕聿怀

吕暖暖在摇晃的火车车厢里读着信，眼泪不知不觉流了下来。

吕暖暖从小就无父无母，爷爷是她在这世上唯一的亲人。她的爷爷吕聿怀是一位人工智能领域的科学家，曾多次斩获国际奖项，名下专利无数，是科研界当仁不让的泰斗。但他因为近年来身体不好，一直隐居在人烟稀少的乡下。

前不久爷爷去世，律师把这封信连同爷爷的财产一起交付给了她。在料理完爷爷的葬礼之后，吕暖暖独自坐上去往乡下的列车，准备去找爷爷说的那个留给她的“礼物”。

爷爷的房子坐落在一座山的山脚。吕暖暖用钥匙打开了屋门，向书房走去。

她的爷爷是一个标准的无趣理工男，连闲暇娱乐都是孔明锁和魔方这类逻辑益智玩具，没有丝毫的浪漫可言。

以吕暖暖的经验来看，这个无聊的老头很可能会送她一个孔明锁或者魔方当礼物。

书房的门是虚掩着的，吕暖暖推门进去，不由得一愣。

一个男人背靠着书柜坐在地上，双眼紧闭，好像是睡着了。

只过了短短几秒，吕暖暖就回过神来，走过去。

她好像明白是怎么回事了。

眼前的这个男人，虽然从身材和面孔来看和其他人没什么不一样，可身上的衣服却很奇怪。他穿的衣服是银色的，闪烁着金属一般的色泽，质地却如同布料一样柔软，充满科技感。

这家伙，一看就不像个正常的“人”。

吕暖暖伸出手来，轻轻戳了戳他的脸。

果然，很凉，完全没有正常人类该有的温度。

看来这就是爷爷送给她的礼物，一个“机器人”。

爷爷是人工智能领域的科研专家，主攻方向就是机器人，送给她一个机器人做礼物是再合理不过的事情。

“这做得也太像真的了吧。”吕暖暖自言自语，随即又想起了爷爷信上的话，那封信她已经看了无数遍，早就能背下来了，“‘那可是爷爷我年轻时的样子’，这老头还真是吹牛不上税，打死我也不信他年轻的时候长这么帅……”

吕暖暖话音刚落，归璨就悠悠地睁开了眼。

他看到自己眼前站着一个女孩子，身形瘦瘦小小的，样子人畜无害，看起来应该是个对自己没什么威胁的人。

等一下……人?

地球人?

归璨想到这里，后背惊出冷汗。

真正算起来，地球进入信息时代不过才短短几十年。和归璨的母星异星球相比，地球科技就如同是一个刚刚学会走路的婴儿。

科技不发达，往往就对应着文明不开化。在异星球的资料库中，一直记载着有关地球的可怕传闻。据说，地球人心智未开，粗暴野蛮，对待远道而来的外星来客更是充满敌意。传言说，曾经有异星球的人路过地球在这里歇脚，结果却被恐怖的地球人残忍杀害，还被泡在了酒里——据资料记载，地球人非常热衷于用各种奇奇怪怪的东西来泡酒，他们甚至认为用外星人泡成的酒有补肾壮阳的奇效。

在异星球，如果小孩子不听话，妈妈就会这样吓唬他：“像你这种不听话的孩子是要被地球人抓去泡酒的！”

虽然这些都只是不知真假的市井传闻，但对于第一次来到地球的归瓈来说，还是宁可信其有不可信其无。

刚刚自己莫名其妙被电击晕倒，醒来就发现自己面前站着一个活生生的地球人，还有什么比这更可怕的事情？搞不好下一秒自己就要进酒缸了！

归瓈下意识地后退，却发现自己的后背靠在书柜上，退无可退。

那个女性地球人还在好奇地弯着腰打量自己：“哎？刚刚是怎么开机的？”

为了和飞船保持联络，归瓈的耳朵后面还戴着无线接收装置。这个小得几乎看不见的无线装置收录了异星球所有已知的语言，并且能够轻松地进行双向翻译。归瓈听懂了这个女人说的话，却还是不由得一愣。

什么叫“开机”？这不应该是用在机械上的词汇吗？为什么这个女性地球人会用这个词来说自己？

那个女人又贴得更近了些：“怎么不动了？是哪里坏了吗？”

还坐在地上的归瓈下意识地挪了挪身体，想躲到更角落的地方。

“这不是也会动嘛……不过怎么不说话？”那个女性地球人继续自言自语着，甚至还伸手捏了捏他的脸，“难道爷爷没给你装语音系统？”

虽然归瓈能听懂吕暖暖说出的每个词，可是当这些词组合到一起的时候，他还是无法理解——“爷爷”是谁？给自己“装语音系统”又是什么？

“爷爷也不给我留个说明书，”吕暖暖抱怨，“谁知道这个机器人要怎么用啊？”

机……器人？

归璨怔怔地看着吕暖暖，似乎明白了自己现在的处境。

这个女性地球人好像把自己误会成机器人了。太好了，她还没发现自己的真实身份！

归璨努力压抑住心中的激动，维持住面无表情的状态。

机器人是不会有表情的，既然这个地球人把自己错当成机器人，那他干脆就将错就错，先稳住局面，再想办法脱身。

退一万步来讲，做一个听人指令的机器人，总比被地球人抓走泡成药酒强吧？

吕暖暖盯着他看了半天，最后干脆直接走上前去，扯住他的两只胳膊开始拖拽：“这是用什么材料做的，怎么这么沉？这玩意儿我也不好搬回家啊？做得跟真人一模一样，塞到箱子里办托运会不会吓到人啊？”

归璨被她拽疼了，只好自己站起来：“我可以自己走。”

“啊……”吕暖暖猝不及防被吓了一跳，“一说话更像真人了。”

吕暖暖站直身子，仰头看着比自己高很多的归璨：“你叫什么名字？”

归璨迟疑了片刻：“归璨。”

“归瓈……”吕暖暖默念了一遍这两个字，“好正常的名字。”

她这个爷爷，在给自己的科研成果起名时从来都是任性而奔放。在他的追悼会上，主持人用悲痛的语气念着这样的悼词：“吕聿怀先生是本世纪人工智能领域最伟大的科学家。他将一生都奉献给了自己钟爱的科研事业，开创了人工智能新纪元。吕先生的主要代表成果有：‘小甜甜一号’模拟交互机、‘狗蛋系列’全仿真机器人、‘懒得想名字了就这样吧’智能终端等，其中，‘我孙女暖暖最可爱号’家用机器人更是投入商用，走进了千家万户，改变了人们的生活……”

相比较这些名字，“归瓈”这个名字实在是正常得过头了，和爷爷的其他心血根本不是一个画风。

也许是因为这是送给自己的最后一个礼物，所以起名字的时候也格外谨慎用心？吕暖暖这样想着，脸上浮现出微微的忧伤。

但随即，她又打起精神：“归瓈，你好，我叫吕暖暖，是发明你的吕聿怀博士的孙女。他说你是他送给我的礼物……那么从现在开始，我就是你的新主人。”

归瓈点了点头，没有否认。

“那么咱们开始收拾东西吧。”既然归瓈是机器人，她也不必和他多客套，“东西很多，我们挑重要的拿回去。”

吕暖暖说着，开始环顾四周，准备从书房开始收拾。

书房是爷爷最常待的地方，他特意定做了一个大玻璃柜放在书房，并把自己一生获得的大小荣誉都放在了这里。吕暖暖看了看放着奖杯奖牌的玻璃柜，轻轻打开了玻璃门。

她小心地轻拿轻放："爷爷的荣誉，得全部带回去才行。"

爷爷不愧是爷爷，获的各种奖杯都堆上天了。吕暖暖身材算得上是矮小，上面的几层她踮脚也够不到。

"归璨。"她回头喊正在听话地整理打包箱的归璨，"过来帮我拿东西。"

归璨立刻走了过来，把高层的奖杯轻轻拿了出来。

可即便是身材高挑的他，也够不到玻璃柜的顶层。吕暖暖见了之后看了看四周："你等等，我去搬个椅子……"

她的话还没说完，归璨就轻轻地抬起了手。

吕暖暖看见顶层的玻璃推拉门自动打开了，里面的奖杯轻轻飘了下来，又稳稳地落在了归璨手上。

归璨转过头来："你要找什么？"

"这……这、这……"吕暖暖不由得结巴起来，"这是什么黑科技？"

归璨也愣住了，看了看同样呆滞的吕暖暖。

地球人连这点念力[①]都没有？那他们是怎么做到能被传言得那么凶残的？

"厉害，厉害。"吕暖暖回过神来，拍拍归璨的肩膀，"不愧是我爷爷的作品。"

归璨欲言又止，其实这和你爷爷一点儿关系都没有。

① 念力指通过人大脑的某种特殊意识去影响客观事物的运动规律。

收拾好奖杯，吕暖暖又走到书柜前。爷爷收藏了许多珍贵的文献，堆满了整个书柜。

“不带回去吧，有点儿可惜，毕竟都是珍贵的资料。带回去吧，这个数量实在是有点儿让人头疼。”吕暖暖叹了口气，正在考虑要不要买个扫描仪把这些文献都整理成电子版——但这样花费的时间精力似乎会更多。

正在她发愁的时候，归璨走了上来，从书架上抽出一本砖头一样厚的专著：“全部带走太麻烦了，我可以记下来。”

吕暖暖一愣，明显是不相信他：“那你记一个给我看看。”

归璨用拇指捏住书，随即一页页地松开纸张，书页立刻发出“哗哗”的声响。

短短几秒过后，归璨抬起头来：“好了。”

吕暖暖一愣，用这样的速度翻书，怕是连字都看不清楚。她从归璨手里拿过书，随便翻了一夜：“第 98 页第一段说了什么？”

归璨脱口而出：“人工智能技术所形成的智能函数不需要对对象进行模型控制。即便实际该控制对象当中存在不稳定或不确定因素——”

“好了，好了。”吕暖暖又往后翻了翻，“第 164 页第三段。”

“在电力系统当中，利用多个人工神经元网络，能够实现自动化故障检测，为电力系统安全、稳定地运行提供保障；人工神经元网络可模拟事故，并自动选择处理方案，可进行静态安全性评估——”

“停。”吕暖暖不信邪，干脆从最后面翻起，“第 437 页最后一段。”

“人工智能在电气自动化控制中应用可归纳为传统方式的智能化改进，关键技术的延展与创新，多元因素的智能化融合……”

一字不差。

吕暖暖嘿嘿一笑，把书一扔，直接扑到归璨身上，不仅用胳膊环住了他的脖子，还在他脸上亲了一口：“你可真是个宝贝！”

归璨显然没想到她反应会这么大，嘴角不自觉地动了动。

表情再怎么难控制也是能忍住的，可是脸红是藏不了的。

幸而吕暖暖兴奋得过了头，没有察觉，她转身去整理书柜了：“那我们把这些资料都记下来带回去。你可真是无所不能，还有什么是你做不到的？”

以异星人的记忆力，记住这些文本实在是小意思。很快，归璨就把书房里的所有资料都记了下来。

这大大减少了吕暖暖的工作量。

奖杯之类的东西已经打包好了，资料也被归璨全都记到了脑子里，那么其他东西也就没有必要带走了。吕暖暖又在屋子里转了转，想看看还有没有值得带走的东西。

转了转又回到书房，吕暖暖突然看到书柜中间的装饰隔断上放着一个东西。一开始，她只顾着去研究归璨了，忽略了它。

那是一个孔明锁，虽然看起来普普通通的，却被爷爷放在了一块精美的软垫上，看样子爷爷应该是很喜欢这个小东西。

所谓孔明锁，是以榫卯结构为基础的一种三维拼插玩具。它和魔方以及九连环一样，都是需要一定的逻辑思维才能解开的益智类玩具。这种玩具是爷爷的最爱——爷爷一心扑在自己的科研发明上，几乎没有别的爱好。等到闲下来的时候，他就喜欢玩这一类的小东西来放松身心。

吕暖暖记得，小时候，爷爷就经常和她一起玩各种不同形状的孔明锁。

想到这里，吕暖暖的心里突然升起了怀念的感觉。她伸手去拿那个孔明锁，想要把它也带回去，留作纪念。

归璨看见她的动作，张嘴制止："等一下——"

这是个什么东西归璨不清楚，但他可以肯定，里面就装着他需要的阿尔法元件。刚才他就是被这个东西释放出的强电流给击晕的。一看到吕暖暖伸手要去碰它，他下意识地就把她拦了下来。

如果不是有强电流阻挠，他现在已经开着飞船离开地球了。

吕暖暖听到之后停了下来，手指离孔明锁只有咫尺之遥："怎么了？"

归璨欲言又止，最后还是把到嘴边的话咽了回去："没什么。"

瞬间的高压电流虽然能让人昏迷，但还不至于对身体有什么损害。如果吕暖暖现在被击昏在地，那么就能给他制造一个逃跑的好时机。

阿尔法元件，在地球上能找到一个，就能找到第二个。大不了他再去别的地方去找，眼下先和危险的地球人拉开安全距离才是最重要的事。

吕暖暖觉得奇怪，但也没有多想，手继续向孔明锁移动。

归璨紧张地盯着她，心中忐忑不安。

吕暖暖却轻松地拿起那个孔明锁。

在她拿起的一瞬间，孔明锁突然闪了一下光，发出机械化的提示音：“面部及指纹识别成功。”

“这又是个什么玩意儿啊？”吕暖暖摸不着头脑。

她晃了晃手里的孔明锁，听到里面传来东西晃动的声音：“这里面还装着东西？算了，不管了，先带回去再说。”

她把孔明锁放进自己的包包里，然后看向目瞪口呆的归璨。

“别愣着啦，快搬东西。走，我带你回家。”

“谢谢，谢谢，箱子搬到屋里就好——麻烦轻拿轻放！不要摔啊！把我的机器人摔坏了怎么办啊！”

搬运工人一离开，吕暖暖就立即拆开箱子，把归璨放了出来：“你还好吧？有没有哪里被摔坏了？”

归璨从托运箱里爬出来，两腿已经发麻了：“没事。”

吕暖暖把他直接打包进了箱子，办了托运。在这几个小时的车程中，他就蜷缩在一个箱子里，和其他货物一起待在货仓里经受颠簸。

“对不起啊，本来我是想给你买票的，可是你一个机器人又没有身份证。不过你一个机器人，应该也不会觉得委屈吧。”

归璨只能硬着头皮顺着她的话往下说：“我是机器人，我没有感情。”

吕暖暖嘿嘿一笑，伸手去揉了揉他的脑袋：“感觉好奇妙啊。明明长得这么帅，却没有自己的情绪和情感，和人类完全不一样。怎么说呢……感觉有点儿像宠物狗。”

接着，她就直接躺倒在沙发上：“那就麻烦你帮忙收拾房间啦，机器人先生。”

归璨看了看四周，不由得偷偷背过身去，在吕暖暖看不见的地方露出痛苦的神色。

这也太乱了。

吃过的零食包装扔得到处都是，进屋后衣服就随便乱丢，整个房间里没有一件东西被摆在它应该待的位置上。

但是，机器人是没有罢工的权利的。

归璨系了围裙，开始打扫。

客厅里有一面墙被做成了照片墙。归璨走过去，一一看了起来。

最大的那张照片是吕暖暖和一个老人的合影。老人的头发已经全白，脸上的笑容却调皮得像个孩子。

这应当就是吕聿怀博士，吕暖暖的爷爷。

其他的照片就是吕暖暖的单人照了。在很多照片里，她都头戴耳麦，面对话筒，向镜头展现着笑容。

看到归璨在看照片，吕暖暖解释：“我是个广播电台主持人。”

“广播电台主持人……”

在异星球上从来没有过广播电台这种东西，归璨完全无法理解“广播电台主持人”是个什么职业。

吕暖暖倒也见怪不怪。她从小就是跟着爷爷长大的，也知道在很多情况下机器人会无法理解一些事物。这不是因为他们不聪明，而是因为在他们的数据库中没有这个词。

茶几上放着一只小收音机。因为工作的缘故，比起普通人，吕暖暖会花更多的时间来听广播。她扭开旋钮，电台正播报着交通路况："目前银雀山路与临西二路交会处略有拥堵。马上就是下班高峰期，建议市民朋友们绕行……"

"用声音把消息传递给大家，这就是广播电台主持人的工作。"吕暖暖向归璨解释，"之前我一直在做新闻类节目，以后——谁知道以后会怎么样，爱咋咋地。"

提及"以后"，吕暖暖心情明显不好，归璨就乖乖闭了嘴。他继续看着照片墙，一张合照引起了他的注意。

照片上的吕暖暖还是工作时的打扮，可这次照片里的主角却不止她一个。在她的身旁，坐着一个样貌英俊的男搭档。这张不知道是谁拍摄的照片抓拍得正是时候，照片里的吕暖暖正羞红着脸偷瞟着自己身旁的男人，眼中的爱慕满到几乎快要溢出来。

看到归璨正在盯着这张照片看，吕暖暖突然从沙发上弹了起来，把照片直接从墙上撕了下来："这张照片不要了，把它扔掉。"

一看就是有故事。归璨这么在心里默默想着。虽然他对照片里的故事很感兴趣，可机器人是没有好奇心的，他只能闭口不谈。

累得腰酸背痛之后，归璨终于把屋子清扫干净了。

吕暖暖还躺在沙发上玩手机："今天晚上吃什么外卖好呢……

归瓈，你想吃什么？哦对，你是机器人，不吃饭的。”

她歪了歪头，看向还系着围裙的归瓈：“归瓈，你是怎么供能的？充电吗？”

归瓈想起之前被强电流电晕的滋味，不由得打了一个寒噤。要是承认自己是充电供能的，搞不好这个地球人真的会往他鼻孔里插电源。

他连忙摇头：“不是。”

“那你怎么供能？”

归瓈只好拣最安全的方式来说：“晒晒太阳就好……我身上有太阳能转换装置。”

可偏偏吕暖暖是个打破砂锅问到底的性子：“那要是连续阴天怎么办？那你岂不是要被‘饿死’？”

“可以加点儿汽油……”只要不给他充电就好。

吕暖暖还是不依不饶：“什么型号的汽油？92号的还是95号的？”

归瓈努力抑制着自己的嘴角不让它抽搐：“都行。”

吕暖暖若有所思：“看来没电的时候还得去弄点儿汽油……不过小区门口就有个加油站，这倒不难。”

闲聊的时候，外卖已经送到了。

吕暖暖把外卖袋子打开，又把里面的饭菜一一摆在桌子上。饭菜的香味立刻飘满了整间屋子。

归瓈在一边看着，趁着吕暖暖不注意的时候偷偷咽了一口口水。

他迫降到地球已经差不多四十八小时了。整整两天两夜，他都没吃一点儿东西。

吕暖暖正在吃的食物香得要命。可她自己都说了，机器人是不用吃饭的。

归璨眼睁睁地看着吕暖暖把一桌的东西吃了个干净，而且似乎还没吃饱。

“冰箱里有小蛋糕，归璨，帮我拿几个过来。”

家里有个机器人简直不要太方便。吕暖暖背靠着沙发看着电视，满脸惬意。

归璨打开冰箱，就看到里面满满当当地放了不少东西，饼干、蛋糕、生巧、饮料……归璨并没有吃过这些地球食物，可他和地球人一样同为碳基生物，对于碳水化合物的渴望是被刻在基因里的。他刚从冰箱里拿出一盒小蛋糕，就嗅到了一股甜美得让人抵挡不住的糖霜味道。

归璨强行咽下口水，又眼睁睁地看着吕暖暖把小蛋糕当饭后甜点吃了个干净，还意犹未尽地舔了舔自己沾了糖霜的手指。

他终于体会到了什么叫痛不欲生。

很快，归璨就发现这还不算是最痛苦的。吕暖暖酒足饭饱之后，晃晃悠悠地走到归璨跟前，开始扒他的衣服：“天啊，里面也挺仿真的嘛。”

归璨强忍住想大喊的冲动：“你想干什么？”

“帮你清洁一下。”吕暖暖丝毫不觉得有什么不妥，“你看你，又是在书房里吃灰，又是在货仓里托运，肯定不干净——把裤子也脱了。”

归璨一脸蒙。

吕暖暖一巴掌拍在他屁股上：“快脱嘛，难道机器人还会不好意思？我一个黄花大闺女都没觉得不好意思！”

横竖归璨只是一个冷冰冰的机器人，在吕暖暖的心里，他和一个闹钟、一部吸尘器、一台电视机没什么两样。

她没有意识到归璨拥有和她截然相反的性别，更没有意识到什么“男女有别”。

归璨死死拽着自己的裤子：“我有自我清洁功能，就不麻烦主人了。我绝对会把自己洗得很干净。”

既然机器人都这么说了，吕暖暖也就不再勉强了：“那我先去洗澡啦。”

归璨长舒一口气，心想自己终于能放松片刻了。很快，他就发现，自己这口气舒早了。

吕暖暖洗完澡，围着浴巾哼着歌就走出来了。

那块浴巾绝对算不上大，只能算勉强遮了个大概。可是吕暖暖根本没察觉到自己穿成这副样子在归璨面前走来走去有什么不好的，反倒大剌剌地往沙发上一躺。

她平时一个人在家都是这样子的。

归璨在一旁站着，看也不是，不看也不是。他只知道自己的面部肌肉抽搐个不停，表情很快就会绷不住了。

幸亏吕暖暖还记得要他自我清洁的事："还愣着干什么，快去自我清洁啊。"

归璨几乎是像逃难一样冲进了浴室。

好不容易平复好心情，归璨擦着头发从浴室里走出来。出乎他的意料，吕暖暖不知道跑哪里去了。

他把所有房间都找了个遍，都没有看到她的身影。

她好像出门了。

归璨愣了几秒，随即冲进厨房，打开冰箱，开始吃东西。

趁那个麻烦女人不在多吃点东西才是正事！

归璨实在是饿坏了，他迫不及待地撕开小蛋糕的包装，一口把蛋糕吞了下去。

从来没尝过的味道盈满口腔，归璨不由得发怔，这是他有生以来吃过最好吃的东西。

这是他第一次尝到"甜"的味道。

异星球虽然科技超前，文明发达，但美食匮乏。对于异星球人来说，食物就只是用来填饱肚子的东西，根本没有人讲究味道。

酸甜苦辣咸对于味蕾的冲击实在是太过于猛烈。尤其是甜味，简直拥有让人上瘾的魔力。第一口吃下去，归璨就再也控制不住自己了。他站在冰箱前，专心致志地剥着各种各样的食品包装，然后往自己的嘴里塞东西。

他还打开了一听可乐。

归璨之前从来没有见过易拉罐，但当他把这个冰凉的铝罐拿在手里的时候，就知道里面装的是可以用来喝的东西。

这里是厨房嘛，那这个房间里的东西应该都是可以食用的。

易拉罐上有个奇怪的拉环，归璨也不知道这个东西是用来做什么的。他抬了抬手，用念力在罐体上直接切割出一个小小的圆，喝了起来。

冰凉的碳酸饮料一接触到舌头，归璨就被感动得热泪盈眶。

怎么会有这么好喝的东西！

他吃得过于专心致志，完全没有发觉吕暖暖已经回到了家中，而且已经站在了他的身后。

“归璨，你在……吃东西吗？”

归璨周身一颤，接着缓缓转过身来。他根本没法辩解，因为自己的嘴边还沾着奶油和糖霜。

“你吃这些东西不会有问题吗？”吕暖暖看起来很紧张，“会不会造成短路什么的？”

看到吕暖暖仍旧没有怀疑自己的机器人身份，归璨不由得松了一口气：“不用担心，我内置了食物转化装置，可以把食物转化成电能。那个……这几天阴天，太阳能有点不足，我在补充能量……”

“我就说光晒太阳会‘营养不良’的嘛！”她把手上的东西放到桌上，“幸亏我刚刚去加油站弄了点儿汽油。98号的，价格最贵、质量最好的那种，口感绝对好。我对你还是很舍得的——现在就喝，我去给你找个杯子去。”

归璨这才看清吕暖暖手里拎着的是什么。

一桶汽油。

还是98号的。

吕暖暖已经拿着杯子过来了：“家里的新杯子就这一个了，送给你，以后你可以用它喝汽油。”

“谢谢……”

“我帮你倒上。”

“不用，”归瑔把她推了出去，“我自己来。”

“干吗让我出去嘛！”吕暖暖不乐意了，“你是不是挑食，不喜欢喝汽油才跑去偷吃东西的？”

何止是不喜欢，汽油这种东西喝下去是会要命的！

“不行，挑食绝对会‘营养不良’，你要是出了故障我可没地方修去。”吕暖暖说，“倒完汽油出来，我看着你喝。”

归瑔转身回到厨房，几乎想要撞墙。

他总不能真的给吕暖暖表演徒手喝汽油吧？

归瑔崩溃地看向吕暖暖留给他的杯子，突然发现这是一个不锈钢外壳的保温杯。

既然不是透明的玻璃杯，就意味着，他可以偷梁换柱把汽油换成别的东西。

只是冰箱里的饮料已经被他喝完了。归瑔环顾四周，突然发现琉璃台上还放着一瓶液体。

透明的玻璃瓶子里装着黑色的黏稠液体，上面写着两个字——酱油。

归璨用自己耳朵上的无线装置进行检索，结果很快出来了——酱油，是一种地球上常见的调味佐料。

调味佐料的意思是，可食用。

那就它了。

归璨拿着酱油，咕噜咕噜地往保温杯里倒。

倒完酱油，归璨也不忘小心地把汽油倒进洗碗池毁尸灭迹。

走出厨房，吕暖暖果然在客厅里等着他："喝吧。"

归璨举起保温杯，猛地喝了一大口，差点儿全喷出来。

异星球上食物的味道和地球食物的味道有很大的不同，这是归璨第一次尝到"甜"，也是他第一次尝到"咸"。

或者说是"齁"。

浓烈的咸味让人根本咽不下去。

吕暖暖看着他："怎么，98号的汽油不好喝吗？"

"非常好喝。"归璨勉强把嘴里的那口酱油咽了下去，"口感非常纯正。"

"那就好。"吕暖暖脸上露出了开心的表情，"那赶紧都喝了吧。"

归璨看了看手里的杯子，痛苦地闭上了眼，直接往自己的嘴里灌了下去。

长痛不如短痛。

一整杯的酱油都被他喝了个干净。

看见归璨把一整杯汽油都喝光了，吕暖暖也就放心了："这样才对嘛，不挑食才是乖孩子。"

归璨看着她，突然打了一个嗝。

吕暖暖一愣，机器人……会打嗝吗？

该不会是出故障了吧！

的确，现在的归璨看起来很不正常：神情飘忽，目光迷离，整个身体在微微摇晃着，看起来就像是喝醉了。

事实上，他的确是喝醉了。异星球人之于酱油，就相当于地球人之于酒。

吕暖暖咽了口口水，随即伸出手在归璨眼前挥了挥：“归璨？你还好吗，归璨？”

归璨看了看她，伸出一只手，指尖轻轻一绕。吕暖暖就看到冰箱门自己打开了，从里面飘出了一盒小蛋糕，晃晃悠悠地飘到了归璨手里。

“嗝……还是这个好吃。”

醉得不省人事的归璨已经完全没有要装机器人的意识了。他开开心心地拆起了包装，大口大口地吃着小蛋糕。

“真好吃。”他一边吃着，一边还在自言自语，“怎么会有这么好吃的东西。这是什么味道，为什么会这么好吃？”

一盒小蛋糕马上就被吃光了，可明显归璨并不满足。

“我还要……我还要好多好多……”

他这么说着，冰箱里乱七八糟的甜食就都飘了出来，整个房间都充斥着糖浆和奶油的甜腻味道。

这些甜点在归璨身边围成了一个圈，缓慢地转动着。归璨看着这个圈不停地傻笑。

吕暖暖看呆了："归璨，你怎么了？"

"我怎么了？"归璨伸出手指指了指自己，"我觉得自己现在好开心。"

接着，他望向茶几上摆着的一盆盆景。盆景里的植物顶着几个花骨朵，再过些日子它们就会开放了。

归璨"嘿嘿"傻笑着，又指了指那盆盆栽："它也很开心，对不对啊？"

归璨话音刚落，那盆盆栽的花骨朵忽然张开了，绽放出一朵完整的花。

大概是因为已经见识过他隔空取物和过目不忘的本事，吕暖暖倒也没有特别震惊："哇，你还蛮厉害的嘛。你还有什么惊喜是我不知道的？"

归璨却像是没听见。他直勾勾地盯着眼前的盆景，突然摇了摇头："这个不好。"

吕暖暖不明白："哪里不好？"

"太少。"归璨嘟嘴，张开双臂开始比画，"花要多了才好看。"

他突然起身，拉着吕暖暖向阳台走去："走，我带你去看多的。"

吕暖暖家的阳台是一个开放的露天平台，上面养了不少花花草草，几乎占满了整个空间。但是因为疏于养护，这些花草的长势并不怎么好，基本上全是蔫头耷脑的没什么精神。

归璨醉醺醺地拽着吕暖暖来到阳台，突然"嘿嘿"傻笑了一声，随即打了个响指。

瞬间，那些软趴趴的植物自己挺了起来，抽出新枝，还萌出了花骨朵。

短短十几秒，这些到了花期的、没到花期的花就一齐绽放开来，飘出花香。

吕暖暖看呆了。

归璨转过身来看向她，眼神仍旧迷离。他抬起双臂，骄傲地向吕暖暖展示着自己的杰作，像极了一个想要讨到夸奖的小孩子：“怎么样，好不好看？”

夜已经深了，夜幕中布满了碎钻一样的星星，熠熠地发着光。归璨就站在星空之下，花朵之间，向吕暖暖傻笑着。

吕暖暖觉得自己的心脏漏跳了一拍。

她愣愣地盯着归璨看了一阵，然后木木地伸出手来拍了拍自己的胸口。

“这谁顶得住……”吕暖暖自言自语，“要不是知道他是机器人，我绝对要爱上他了。”

归璨歪了歪头，好像没听懂她的话：“这些花不好看吗？”

说完，他突然转身，爬上了阳台的边缘，胳膊向下伸去，做出了要摘花的样子：“那我去给你摘更多的花。”

楼栋外面就是绿化带。这个小区的绿化做得很不错，在绿化带里种了很多花木。

可是这里是六楼啊！是不是离得稍微远了一点儿！

果不其然，归瓈醉醺醺地晃了晃，整个身体就掉出了阳台。

幸亏吕暖暖眼疾手快，拽住了他的一只手：“喂！”

归瓈仍旧懵懵懂懂，任凭吕暖暖拉着他的胳膊，身子还摇摇晃晃地吊在半空中。

他丝毫没有意识到自己的危险处境，被吕暖暖抓住的手自然伸直着，没有半点求生的意思。

可是……手好温暖……

地球人的体温远高于异星球人，大概就是这个原因，每次吕暖暖触碰他的时候，他的反应才会那么大。

倒不是因为不舒服。他很眷恋这种温暖的温度，可是对方是危险的地球人，他只能时时刻刻告诫自己，不能随便沉迷这种让人心安的感觉。

越容易让人着迷的东西越危险，不仅在地球上如此，在异星球上也是如此。归瓈明白这个道理，才一直告诉自己不要和吕暖暖走得太近。

他害怕自己沦陷。

归瓈个子很高，重量自然不是一个身材娇小的吕暖暖能招架得住的。吕暖暖用两只手去拽他，眼看自己的身体都要被归瓈坠得掉下去，她只能急得大喊：“归瓈！你怎么回事，出故障了吗？”

听到“故障”两个字，归瓈猛然惊醒，想起了自己现在的机器人身份。

身体因为喝醉而略微升高的温度突然散去，夜里的冷风让他的思维变得清晰起来。

吕暖暖仍然抓着他的手死死不放，可她的上半身都已经探出了阳台，眼看就要被他连累得掉下楼去。

“抓住我的手啊！”吕暖暖还在大喊，“你不是很厉害的吗？听不懂这句话？抓住我的手啊！”

似乎……似乎地球人和他想象的不太一样。他们比起自己更加弱小，既不能精神控制，也没有强大的力量，连记忆力都那么逊色。就像是现在这种状况，他们不光没有救人的能力，还会让自己陷入危险的境地。

可是为什么明知道会这样，她却不愿意松手呢？她为什么会露出那么急迫的表情？

地球人，真的如同传言那样，邪恶、蛮横、没有人性吗？

归璨愣神的时候，吕暖暖再也支撑不住，整个人失去平衡掉了下去。

她尖叫着闭上眼睛，可奇怪的是，自己却没有失重的感觉。

肌肤上传来冰冷的触感，却又不是夜风的那种寒冷。

吕暖暖睁开眼睛，发现自己被归璨抱在怀里，飘浮在半空。

归璨正定定地看着她，已经恢复成了平日里的面无表情。

吕暖暖知道他是恢复了正常：“快把我放回去啊！”

她显然是恐惧到了极点，连声音都发着颤。

归璨抱着她慢慢向上飘浮，轻轻地落回了阳台。他一松手，吕暖暖就脚软地瘫在了地上。

“我真是要被你吓死了。”吕暖暖突然伸手，在归璨的身上捶了一拳，“我还以为自己要死了呢！”

原来她是知道害怕的啊，归璨心想。

可是她为什么到最后一刻都没有放开自己的手?

也许地球人，和自己想象的真的不太一样。

第二章

撩妹很难学吗

NAKEXINGXING
WENGUOWO

夜深人静的晚上，归璨蹑手蹑脚地来到厕所。这是整个家里离吕暖暖的房间最远的地方。

他把马桶盖放下来，坐到上面，又伸手按了一下自己耳后的无线装置。一个更小的东西从装置上飞了出来，像蜂鸟一样振动着翅膀自动飞到归璨面前。

那是一个微型移动摄像头，用来做视频日志用的。

“这是我来地球的第三天。”归璨脸上露出疲惫的神情。只有在独处的时候，他才能卸下面无表情的伪装，“很不幸，我遇到一个地球人，还被她带走了。万幸的是，她还没有发现我的身份，而是把我当成了机器人。”

在星际航行中，需要定期录制视频日志。哪怕现在遭遇了重大事故，归璨也没有中断这项工作。无线装置直接和飞船上的黑匣子相连。万一自己不幸在地球上遇难，至少还能留下这些信息。

这种想法多少都有点儿悲壮在里面，归璨不由得叹了一口气。

“据我的观察，地球人……和我想象的不太一样。他们没有传闻中那么可怕。和异星球人相比，他们在体力和智力上都不占优势——而且他们在生理结构上存在很奇怪的地方。”

归璨摆出认真的表情。

“据我观察，地球人的生理状况有周期性的变化，所以有时候他们会无缘无故变得脾气暴躁，喜怒无常。”

事情要从今天早上说起。

今天的吕暖暖起得格外晚，一直到晌午都没有走出自己的房间。

归璨越想越觉得不对，他推开房门，就看见吕暖暖抱着自己的腹部，整个人蜷缩在床上，脸色煞白。

虽然归璨不想承认，但在那一刻，他的确是因为担心她而变得紧张起来：“你怎么了？”

吕暖暖的声音也是有气无力：“我‘大姨妈’来了……”

归璨一愣，明显是没听懂。

吕暖暖知道肯定是他的数据库里没有“大姨妈”这个词：“那我换种说法，月经、例假、生理期……”

几乎是同时，归璨耳朵上的无线装置就检索出了相关信息。在异星球的资料中是这么记载的：月经，是地球上部分雌性生物特有的生理现象。因为激素波动，月经期间的雌性个体常常情绪不稳定，易怒易躁。

归璨怜悯地看了看吕暖暖："你现在在出血吗？"

"走开啦你！"吕暖暖蜷缩得更厉害，"现在不要跟我说话！"

看来资料上记载得没错，这个时候的女性地球人果然情绪不稳，易怒易躁。

归璨走了出去，开始找药箱。

吕暖暖睡着的时候他把家里翻了个遍，一心想要找到那个阿尔法元件。只可惜，阿尔法元件倒是找到了，但上面的强电流仍然无法解除，归璨根本不敢轻举妄动。

不过倒是也有别的收获。譬如，他现在对这个家了如指掌，家里有什么东西，被放在什么地方，他都一清二楚。

归璨很快就从电视柜里找到了医药箱。虽然资料显示，月经是一种正常的生理现象，并非疾病。但是在他的常识里，流血就要医治。何况吕暖暖表现得那么痛苦，还是及时吃药比较好。

他一盒盒地仔细翻看着说明书，很快就找到了自己要找的药，又把它带到了吕暖暖的房间。

吕暖暖看了一眼他手里的白色药片："这是什么？"

"止血片。"归璨学东西学得很快，一个词他只听一遍就会运用了，"你'大姨妈'不是来了吗，吃点止血的。"

吕暖暖几度欲言又止："兄弟，你这个止血片比多喝热水还要过分啊。”

归瓈不明白：“‘多喝热水’是什么意思？”

吕暖暖只好耐着性子跟他解释：“多喝热水包治百病，什么发烧感冒肚子疼，喝完热水都能好。”

归瓈恍然大悟：“所以说‘多喝热水’就等同于祝你身体健康，对吗？”

吕暖暖有气无力：“算是吧。”

归瓈又问：“那为什么‘多喝热水’过分？这不是一种很美好的祝愿吗？”

“你给我出去！”吕暖暖抄起枕头向归瓈砸过去，正中他的脸，“都告诉你了现在不要跟我说话！”

归瓈揉了揉自己被砸的鼻子。

月经果然是很可怕的东西，现在还是不要招惹她比较好。

归瓈乖乖地在沙发上坐着发呆，吕暖暖却自己跑出来了。归瓈看了看她：“你的‘大姨妈’已经结束了吗？”

他对月经该持续多久毫无概念，只觉得出血这种可怕的事维持几个小时就已经很恐怖了。

“哪有那么快。”吕暖暖无精打采，“我突然想起来今天是我停职期的最后一天，明天我还要上班。”

归瓈又弄不明白了：“什么是‘停职期’？”

“停职期就是，因为犯了错，所以要暂停工作回家反省。”

归瓈点点头：“所以你犯错了？”

吕暖暖犹豫了一瞬："算是吧。"

归璨又问："'算是吧'的意思是'是'还是'不是'？"

"你话可真多！"吕暖暖打了一下归璨的头，"是我犯错了，我活该，行了吧！"

归璨观察着她的表情："你看起来很难过。"

吕暖暖没有说话。

"如果你难过的话可以把原因告诉我。"归璨说，"我可以当你的倾诉对象。"反正闲着也是闲着，装机器人真的很闷很无聊。

吕暖暖看了看归璨，坐到了沙发上："其实归根到底，还是我的错。"

这都是她咎由自取。

吕暖暖在一档早间新闻节目里做电台主持已经有三年了。这三年来，她一直固定和江贺然做搭档。

江贺然在电台里也算是一个知名人物。他年纪轻轻，样貌英俊，自身各项条件都不错，是电台里不少单身女性爱慕的对象。

吕暖暖也是其中一个。

她暗恋这个每天都陪伴在自己身边的男人已经很久了。每当吕暖暖望向他的时候，总是藏不住自己眼里的喜欢。

江贺然对吕暖暖的这份喜欢并不是毫无察觉。前几天，他突然开始有意无意地回应这份喜欢，还对吕暖暖关爱有加，这样温柔的举动让她受宠若惊。

哪怕只是送咖啡帮忙拉椅子这样的琐事，对于一个正处于暗恋期的女生来说，杀伤力也足够大了。

吕暖暖被停职的前一天，江贺然来得格外早。她一进门，就看见他向自己微笑："这是你今天的稿子。我帮你看过了。"

主持人在拿到稿子之后，需要事先核对一遍，以防出错。但通常情况下，吕暖暖和江贺然都是分工核对。毕竟稿子已经经过了严格的审查，出错的概率很小，只要有一个人核对过就不会出现什么问题。

面对自己三年来的老搭档递过来的稿子，吕暖暖没有丝毫的怀疑，顺手就接了过来。

江贺然咳嗽了两声。

身为播音主持人，吕暖暖对这些声音很敏感："你嗓子不舒服吗？"

"感冒了。"江贺然摆出一副委屈相，"喉咙有一点痛。"

"既然不舒服就请假吧。"吕暖暖一下子就紧张起来，"要是严重起来就麻烦了，你可是靠嗓子吃饭的。"

"这样不好吧？"

"有什么不好，我又不是没自己独自一个人录过节目。"吕暖暖催促他，"你赶紧去。"

江贺然不再推辞："好，那就辛苦你了。"

吕暖暖则戴上耳机，在一段悠扬的音乐声中开始了自己的工作："各位听众朋友大家好，欢迎收听今天的《早间新闻》。"

一开始节目和往常一样顺利。可当她读到一半时，就隐隐感觉到了不对。

和卫星电视不同，广播电台的收听范围大约只能覆盖到本市和临市的部分地区。因此，节目的赞助商基本上也都是本地的一些大企业。比如吕暖暖主持的《早间新闻》，就是由一家本地知名的明嘉家电城冠名播出的。

所以当稿件上出现这家家电城的名字时，吕暖暖还以为已经到了广告环节。但她仔细看了看，才发现是关于明嘉家电城的新闻。

上面清清楚楚地写着明嘉家电城因为出售劣质家电而被查封的消息。

吕暖暖愣了愣，还是继续读了下去。

稿子是严格经过审核校对的，江贺然还把过关，应该不会出问题。

可新闻才播到一半就被紧急掐断了。吕暖暖茫然地抬起头，看到编导主任正猛拍玻璃让自己从直播间里出来。

吕暖暖还没关上门就被劈头盖脸骂了一顿。

“我听说了，之前你爷爷吕聿怀和明嘉家电打官司，最后败了诉。”

这件事吕暖暖也有所耳闻。明嘉家电城为了提高智能家电的销量，故意找了一个和爷爷长相相似的老人来拍摄促销海报。爷爷的律师把明嘉家电城告上法庭，但最终因为海报上没有出现“吕聿怀”这三个字证据不足而败诉。

这件事当时引起不小轰动，可吕暖暖也是看了新闻才知道的——

这些乱七八糟的烦心事爷爷从来不会告诉她。

“就算是明嘉家电城不厚道，就算是明嘉家电城有错在先，就算是明嘉家电城和你有仇！可是，吕暖暖，你身为一个掌握着话语权的广播电台主持人，这么捏造事实公报私仇就对了吗！”

明嘉家电城虽然不厚道，但的确没有出售劣质电器，更没有被查处。这篇报道根本就是个彻头彻尾的假新闻。

吕暖暖一愣：“我哪有……”

“不是你还有谁！”主任的脸涨得通红，明显是被气得不轻，“不是你篡改的稿子还是谁？我吗？编导吗？电话编辑吗？江贺然吗？”

吕暖暖张了张嘴，没能说出话来。

原来那份稿子是有问题的，而且问题就出在江贺然身上。

“明嘉家电城可是台里最大的赞助商啊！退一万步来讲，即使我们不要明嘉家电城这个赞助了，其他赞助商会怎么看？人家给咱们赞助，咱们却播抹黑人家的假新闻？台里的名声都让你给搞臭了！”主任咬着牙恨恨道，“你知不知道我本来有多看好你！台里要评优，千载难逢的好机会啊，被评上就是前途无量，我一共就推荐了你和江贺然两个人！你这丫头怎么就在这个节骨眼上干出这种浑蛋事，你让我这张老脸往哪里搁！”

原来江贺然陷害她的原因竟这么简单。

就因为他们是竞争关系，江贺然就利用了她的喜欢和信任，把她推到了这么一个难堪的境地。

再往后事情就变得简单了。吕暖暖被处分停职，为期一月，原本由她主持的《早间新闻》也另换了主播。

正当吕暖暖犹豫着要不要找爷爷诉苦的时候，爷爷的律师又给她打来电话，说是老人家已经与世长辞，请她过去交接遗产和料理后事。

吕暖暖还没想好该怎么接受事业和感情上的双重打击，就又得到了爷爷去世的噩耗。

这一个月来，她都过得浑浑噩噩。

直到近几天，吕暖暖才重新开始振奋精神。这都是因为爷爷留给她的那个机器人——这个机器人配置强大，无所不能，可是脑回路却和常人不一样，时常会出 bug（漏洞），还给她带来不少麻烦。

可是对着他嚷过了、叫过了，心情倒也舒畅了。反正他是机器人，对他过分一点儿也没什么关系。

也因为他是机器人，所以他和那些心怀叵测的人不一样，永远都不会欺骗她。

想到这里，吕暖暖莫名安心了许多。她靠在归璨身上，环住他的脖子："还是你好。"

归璨没懂："我哪里好？"

"因为你是机器人啊。"吕暖暖说，"所以你永远都不会骗我。"

归璨比常人略长一些的睫毛轻轻抖了抖。

永远都不会骗你吗？

可是从一开始，他的机器人身份就是一个谎言。

有些事不是你不接受就不会发生的，比如上班。

吕暖暖忐忑不安地来到主任办公室，主任给了她一摞新的材料。

“台里开会研究过了，决定给你换一档节目。凌晨两点到四点的《倾听心声》。”

吕暖暖点了点头，她早就料到会是这个结果。

凌晨两点到四点，恰好是全天二十四小时内收听率最低的时段，被发配到这个扑街节目，无疑就是被打入了“冷宫”。

“就这还是我努力争取的结果。你是个好苗子，就这么告别播音主持的岗位退到幕后实在是太可惜了。只要能留在播音岗上，迟早会等来机会。”主任叹了口气，拍了拍她的肩膀，“你好自为之，可别再干什么冲动的傻事了。”

吕暖暖向他深深鞠了一躬。她是发自肺腑地感谢这个庇护她的前辈。

“还有什么问题吗？”

吕暖暖犹豫了一下，问道：“请问……江贺然也被调到别的节目了吗？”

哪怕停职在家，她也时常关注着电台广播。她发现不光是自己退出了《早间新闻》，连江贺然也被换了下去。

“那小子是攀上高枝儿了。”主任说，“高澜知道吗？广告部的业务经理，高台长的女儿。”

吕暖暖点点头。

“这丫头被江贺然追到手了，这两天就要订婚。到时候啊，咱们还得随份子。”主任并不知道吕暖暖暗恋江贺然的事情，“江贺然现在是台长的女婿了，身份自然也就不一样了，现在我们这些中层都得上赶着去巴结他。这不，前几天上面发了通知，说要在黄金时段策划一档新节目，还指名要江贺然做主播。”

主任说着，又低下头去看自己手上的材料。

“听说这小子追了人家好些年了，这刚修成正果。这小子可算是转运咯。”

吕暖暖心里一片苦涩，是她喜欢江贺然，又以为江贺然喜欢她，这么自作多情到最后，还是以自己单方面结束来收的尾。真是凄凉的结局。

回到家，吕暖暖发现归璨正坐在自己的书桌前发呆，面前还放着一个孔明锁。

就是她从爷爷书房里带回来的那个。

归璨往自己手上套了一双橡胶制的洗碗手套。有了绝缘橡胶手套做护盾，他总算解决了强电流的难题。可现在他还是对这个孔明锁束手无策——他发现上面的机关像是已经被固定死的，根本一动不动。

吕暖暖好奇地走到他身后：“你对这个感兴趣？”

归璨正想对策想得入神，根本没察觉到吕暖暖已经回来了。

吕暖暖的声音突然在背后响起，归璨瞬间出了一身冷汗：“我就看看……”

“我爷爷玩这个很厉害，解开一个简单的孔明锁只需要几秒钟，复杂的只需要几分钟……我就不行了，我没有他那么聪明，一个简单的孔明锁我就要解好几天。就因为这个，小时候我经常质问他，他到底是不是我的亲爷爷。为什么他那么聪明，却一点儿都没遗传给我。”

人和人的智商就是不一样。牛顿是被苹果砸到才发现的万有引力，换成是她，就算她被苹果砸得死无全尸也什么都发现不了。

吕暖暖一边说着，一边把那个孔明锁拿到手里，轻轻摆弄起来。

归璨用尽全身力气都推不动的关卡，吕暖暖轻轻松松就推开了。

这个东西似乎不只是装了强电流，还装了指纹识别装置，只能识别特定人的身份信息。

可那个孔明锁的关卡设置实在是太复杂了。吕暖暖解了两下就又把它放下了：“这个好复杂，解起来太麻烦了，以后再说。”

她说完这句就再也不说话了。两个人沉默了很久，归璨开口问：“你心情不好吗？”

吕暖暖点头。

归璨又问：“你‘大姨妈’又来了吗？”

“我‘大姨妈’就没走。”

“那你‘大姨妈’什么时候会走？我想知道你的心情什么时候会变好。”月经期间的女人实在是太可怕了。

“最近心情都不会好了。”吕暖暖把从主任那里听到的关于江贺然的传闻又向归璨重复了一遍。

有人听自己倾诉，果然心情会好很多。

说完之后，吕暖暖狠狠地呸了一口："渣男！男人没一个好东西！"

呸完之后，她就发现有什么不对了，归璨还在她跟前呢。

"不好意思啊，我忘了你也是男人……不对，你有性别吗？"

归璨回答得非常笃定："有的。"

所以这位小姐，请你尽快意识到男女有别，不要天天穿得那么清凉就在我面前跑来跑去。

"得了吧，"吕暖暖根本不信，大大咧咧地用自己觉得舒坦的方式躺在床上，顺手抠了抠自己的脚，丝毫不顾忌自己在外努力维持的淑女形象，"机器人有什么性别。"

归璨看了看她极不雅观的豪放姿势，几度欲言又止，到底是没敢再说什么了。

等到第二天，吕暖暖最终还是磨蹭着去上班了。

好不容易重新回到电台，原本的一切却都改变了。

陌生的演播室，陌生的新栏目，陌生的播出时段，这一切都让她陌生得有些手足无措。

凌晨两点到四点，恰好是整座城市最安静的时刻。正因为这个原因，深夜档的"倾听心声"收听率一直很惨淡。别的节目都是配备至少两个主持人，唯独这个节目只有她孤零零的一个人坐在话筒前。

虽说在节目简介里写着《倾听心声》的主要内容是接听听众来电，解答听众的情感问题。可是在万籁俱寂的深夜，根本没有电话打进来。吕暖暖在念完节目的开场白之后就切换成了音乐，然后就百无聊赖地躺回了座椅里，开始等不知道什么时候会打进来的那个电话。

这两个小时要比她想象的更难熬。原本她负责的是《早间新闻》，整档节目都充实而忙碌，还有搭档陪在身边。

搭档。

想到江贺然，吕暖暖不由得叹了口气。微不可闻的叹息融进了悠扬的音乐声中，没有一个人察觉到。

两个小时熬下来，吕暖暖早已身心俱疲。她的电话助手明显比她有经验得多，透过透明的玻璃窗，她看到自己的助手干脆就趴在桌子上埋头呼呼大睡起来。

等到节目结束的时候，还是吕暖暖把她喊醒的。

助手揉了揉自己惺忪的睡眼："节目结束了？"

"对。"吕暖暖已经收拾好了自己的东西，打算回家，"赶紧回家去吧，时间也不早了。"

助手也起身站了起来，开始收拾东西。

"啊，对了。"助手像是想起了什么，从桌子里拿出一个东西递给吕暖暖，"这个给你。"

吕暖暖接了过来，顺手打开："这是什么？"

"请柬。"助手忍不住又打了个哈欠，"江贺然和高澜要订婚了。"

听到这两个名字，吕暖暖的手不由自主地抖了一下。

果然，请柬上印着江贺然和高澜的名字，上面还有两个人的合照。照片上，两个人紧紧挨在一起，笑容灿烂，看起来是那么般配和甜蜜。

“台长的千金要订婚，谁都逃不过这个红包炸弹。这个请柬是你的。不过也好，两个同事结婚，随份子只要一份，也算是省了。”

助理懒洋洋地把背包甩到肩膀上，打算离开，却发现吕暖暖表情不对：“你该不会是打算不去吧？台长的面子你都不给？”

吕暖暖这才缓过神来。她清了清嗓子：“去，怎么不去。”

她和江贺然的关系并不是尽人皆知，如果不去，反而会让人多想。

可是她也要承认，她的确是没有那么大度。江贺然骗完她，转身就扭头和另外一个女人幸福甜蜜去了，这口气她实在是咽不下。

她实在是没有把握能在他的订婚晚宴上不失态。

一路上，吕暖暖满脑子都是这些乱七八糟的想法，连她自己都不知道自己是怎么回的家。

她掏出钥匙，打开房门，却发现家里的灯是亮着的。

归璨正坐在沙发上，头歪向一边，已经睡着了。

他面前的茶几上放着一部收音机。那部收音机还在播放着轻柔的音乐，看样子他是在听电台广播的时候不知不觉睡着了。

收音机正面的LED屏幕上显示着现在正在播放的调频。吕暖暖发现，归璨正在收听的正是她主持的那个频道。

哪怕归璨自己不愿意承认，可他的确是一直在用自己的目光去追逐吕暖暖的踪迹。她在自己眼前的时候，他会忍不住去偷瞟。她不在自己眼前的时候，他会想尽办法去获取和她有关的消息。

所以他打开了电台，只是为了能听听她的声音。

可是这些天来，他一直是吃不好也睡不好。只要吕暖暖在场，他就不能随意吃东西，更不能随意睡觉——毕竟机器人是不需要睡眠的。

他已经硬撑了太久了，沙发又那么松软，音乐又那么轻柔，他不由得放松下来，在不知不觉中睡熟了。

吕暖暖蹑手蹑脚地来到归璨跟前。

不得不承认，归璨的睡颜真的很好看。他的五官原本就生得端正，睫毛更是比常人要长上许多，在眼睑下投下美好的弧度。

吕暖暖还是第一次如此近距离地观察归璨。

他是爷爷留给她的最后的礼物。他在自己最失意的时候来到了自己身边。不知为何，只要他在身边，自己就会感觉到一种莫名的心安。

他就是有这样神奇的力量。

爷爷说，归璨是他年轻时候的样子。吕暖暖没见过爷爷年轻时的照片，从她记事起，爷爷的头上便满是白发。可她却觉得，爷爷在年轻的时候应该不是这副样子。

归璨的容貌可以算得上是极品了。如果爷爷年轻的时候真的长成这个样子，那他应该不会去搞科研，而是进军娱乐圈。

难不成那个老头真的就自恋到这个地步，觉得自己真的长得有归璨这么帅?

吕暖暖想到这里，不由得偷笑一声。她伸出手来，用手指轻轻碰了碰归璨的鼻子。

谁知道才一碰到，归璨就立即警觉地睁开了眼睛，下意识地想要后退。

归璨心说不好，自己在不知不觉中睡着也就罢了，居然还让吕暖暖抓了个正着。机器人是不需要睡眠的，他居然露出了这么大一个破绽！

果不其然，吕暖暖对着他眨了眨眼睛：“你刚刚是在睡觉吗？”

“我——”

归璨的脑子转得飞快，立刻就想出了借口：“因为长时间没有收到指令，所以我进入了节能的休眠模式。”

吕暖暖并不起疑。她点了点头：“这样啊。”

看到吕暖暖这个反应，归璨不由得暗自松了一口气。他打量了吕暖暖一眼，想要从她身上找到新的话题点，把她的注意力转移出去。

他指了指吕暖暖手里那张红色卡纸：“这是什么？”

吕暖暖把那张红色卡纸甩到桌上：“这个是请柬。有人要订婚。”

归璨一心只想着转移话题：“谁要订婚？”

吕暖暖没好气地说：“江贺然和高澜。”

归璨也听出她心情不好，犹豫着不敢说话。地球上的规矩太多太复杂了，他根本摸不透。如果贸然说话做事，搞不好就会变成火上浇油。万一正来着“大姨妈”的吕暖暖一个阴晴不定把他赶出家门，他可就真的无家可归了。

归璨不敢招惹吕暖暖，吕暖暖却突然盯着归璨看了起来。归璨被她盯得发毛，吓出了一身的冷汗。

吕暖暖突然开了口：“你看起来也不比江贺然差嘛。”

归璨一愣：“啊？”

吕暖暖干脆甩掉脚上的高跟鞋，一脚踩到了沙发上：“我要你做我的男朋友。”

归璨被这句话吓得躺倒在了沙发上。

吕暖暖不依不饶地顺着沙发爬了过来，直到自己身体投下的阴影将归璨完全笼罩住：“我要让江贺然知道，老娘也不是没人要的。老娘的男朋友比他强一千倍一万倍！”

归璨看到吕暖暖的脸离自己越来越近，嘴唇也缓缓压了下来，就下意识地闭上了眼睛。

如果吕暖暖真的因为失恋备受打击，精神错乱到兽性大发，他也不能开口拒绝。归璨摆出一副慷慨就义的悲壮模样，心里已经做好了献身的准备。

可是吕暖暖并没有对他做什么过分的事情。她一个翻身就重新站回了地上。

原本压在身上的重量突然消失，归璨立刻睁开了眼睛。他看到吕暖暖一副兴高采烈的表情：“就是嘛，我之前怎么就没想到。可以让归璨假装成我的男朋友嘛！这样江贺然就不会觉得我现在混得很惨了！”

听到这句话，归璨就知道自己是会错意了。他无意识地撇了撇嘴，有些不悦。

连他自己都没察觉到，他竟然在为自己没有“献身”成功而失望。

“那就这么决定了。”吕暖暖开始向他下达指令，“归璨，过几天你陪我一起去江贺然的订婚晚宴——以我男朋友的身份出席。你给我打起精神来，一定要陪我演好这场戏，只许成功，不许失败！”

归璨坐起身来，点了点头。

吕暖暖摸了摸自己的下巴：“那现在我要给你做‘人设’了。”

归璨又傻眼了：“人设？”

“对，人物设定，我一定要给你做出一个全方位碾压江贺然的人物设定。”吕暖暖继续沉思，“在颜值上你已经碾压他了，那么接下来，我要给你编造一个能碾压他的身份。”

她突然打了个响指：“有了，你就按照霸道总裁的人设来。”

江贺然只是个靠吃软饭上位的广播电台主持人，怎么可能比得上霸道总裁。

“霸道总裁……”归璨一脸茫然，“那又是什么？”

吕暖暖“嘿嘿”一笑：“不要慌，我会给你做魔鬼特训，就从今天晚上开始。”

她拉开电视柜的抽屉，从里面扒出一大堆光盘：“从现在开始，你就给我认真看这个。”

那些全是总裁题材言情剧的蓝光盘和 DVD 光盘。吕暖暖从小就喜欢看这种电视剧，这些光盘可以说是她宝贵的珍藏。

吕暖暖说着，已经把光盘塞进了影碟机。

片头曲过后，剧情也就开始了。一个穿着西服、容貌上等的男人登场，出现在屏幕上。

吕暖暖指了指那个男人："看见了吗，这个就是霸道总裁。你给我好好学他，等我睡醒起来要检查验收的。"

归璨张了张嘴，欲言又止，最后只能答应："……好。"

其实他已经困得不行了。

换在以前，吕暖暖睡着之后他就可以偷偷小睡一会儿。可现在，吕暖暖却给他布置了任务，还要检查验收，他只能硬着头皮看了。

吕暖暖也困顿得厉害。她懒洋洋地打了个哈欠："那我先去睡觉了，你要好好学哦。"

归璨点了点头，转过脸去盯着电视看。

吕暖暖很快就进了卧室关了灯，归璨却被她留在客厅看电视。

没过多久，归璨的眼皮就开始上下打架。归璨强忍着困意，迫使自己努力睁着眼。

就这么熬了好几个小时，这部电视剧总算被他完整地看完了。

等到吕暖暖醒来时，时间已经不早了。自从被调去深夜档栏目，她就不得以开始调整自己的作息时间。过去她习惯早起早睡，而现在她却要日夜颠倒。

她打着哈欠走出卧室门，就看到归璨还在目光呆滞地盯着电视屏幕看。

机器人果然听话，让他做什么，他绝对不会偷奸耍滑。想到这里，吕暖暖不由得嘿嘿一笑："学得挺认真嘛，你懂什么是霸道总裁了吗？”

听到吕暖暖说话，归瓈这才转过头来，怔怔地望着她，然后点了点头。

吕暖暖又问：“那你学会了吗？”

归瓈听到这句话后直接站起身来，走到吕暖暖面前。

他的表情突然变了，神情是少见的认真。吕暖暖不由得一愣，下意识往后退了两步，脊背贴在墙上。

还没等吕暖暖反应过来，归瓈突然伸出一只胳膊，猛地按到了吕暖暖耳侧的墙壁上，让她无处可躲。

才一晚上，他就学会壁咚了。

不得不说，归瓈的学习能力的确很强。他微微地弯着腰，低下头来和比自己矮许多的吕暖暖对视着，嘴角还扬起若有似无的弧度，神情动作和电视剧里的霸道总裁一模一样。

哪怕在吕暖暖的心目中归瓈只是一个机器人，可是他的脸一下子离自己这么近，还是让吕暖暖不由得心跳加快。

犯规，太犯规了！这么好看的一张脸再加上这样的动作，但凡是个女生都会动心吧！

吕暖暖偷偷地吞下一口口水。

归瓈又抬起自己另外一只手，轻轻捏起吕暖暖的下巴：“你这个磨人的小妖精。”

吕暖暖一愣。

这台词放在现实里还真是让人出戏又羞耻啊！

可偏偏归璨毫无察觉。他继续念着霸道总裁的专属台词："女人，你成功地引起了我的注意力。"

吕暖暖一脸目瞪口呆。

男人，你成功地让我感到尴尬了！

看到吕暖暖不说话，归璨以为她是嫌自己表演得还不够卖力。于是，他努力牵了牵自己的嘴角，挤出一个邪魅狷狂的笑容："女人，还满意你看到的吗？"

"……满意你个头啦！"吕暖暖搡了归璨一把，就把他推开了，"正常人哪会这样！"

听到吕暖暖这么说，归璨撇了撇嘴，露出了委屈的表情，恢复成了自己平常的样子。

电视上的霸道总裁就是这样的，他努力地照样学样，没想到吕暖暖还是不满意。

吕暖暖挥了挥手："算了算了，看来理论学习不适合你，我们还是直接实践好了。我直接教你怎么做一个合格的男友。走，咱们现在出去。"

归璨问："去哪里？"

"去约会。"吕暖暖说，"我要教会你怎么谈恋爱。"

吕暖暖带着归璨来到一个商场。

这是归璨第一次来到有这么多地球人的地方，这让他很紧张，走起路来都有些僵硬。

吕暖暖直接挽着他的胳膊，做出一副亲密的姿势："你要学会做一个温柔、体贴、又会疼人的男朋友，要不然怎么把江贺然比下去？”

一进商场，归璨就看到不远处有家奶茶店。异星人的嗅觉比地球人强很多，他们能察觉到许多地球人察觉不到的味道。

比如糖分的香甜气息。

哪怕归璨没有喝过奶茶，但空中飘散着的香甜气息让他在心里大概猜出了那种饮品的味道。那是在异星球上没有的、只存在于地球的“甜”味。

归璨发起了呆，两眼死死地盯着奶茶店。

他对于甜味毫无抵抗力。

吕暖暖察觉到了。她顺着归璨的目光看过去，看到了他一直盯着的那家奶茶店。

“你想喝奶茶吗？”

归璨偷偷吞了口口水，诚实地点了点头。

反正被她看到过自己吃东西了，再装下去也没什么意义。

吕暖暖露出担心的表情：“那你喝完奶茶会不会又出故障啊？”

上次归璨不知道吃坏了什么东西，结果整个人就发起了疯，差点从阳台上掉下去。

归璨听了立刻摇头：“不会。”

“爷爷也真是的，只留一个机器人，也不留一份说明书，真怕使用的时候会出什么错。”吕暖暖嘟起嘴开始自言自语，然后掏出自己的钱包，“走，我带你去喝奶茶。”

吕暖暖带着归璨来到了奶茶店的柜台前：“麻烦给我来一杯柠檬茶，半糖就好。归璨，你想喝什么？”

归璨抬头看了看店里那些花花绿绿的广告牌，可单凭一张照片他实在想象不出味道：“我要一杯最甜的。”

店主小姐姐不由得偷笑了一声，眼前的这个男人生得高高大大，气质绝佳，却有着小孩子的味觉喜好：“最甜的，那就是奶霜焦糖奶茶，可以吗？”

归璨点了点头。

就在店主小姐姐转身去做饮品的时候，吕暖暖小声嘟囔了一句：“机器人就是好，喝这种热量炸弹也不会变胖。”

归璨哪里知道所有的甜食都有着惊人的热量，吃多了迟早会发胖：“你刚刚说什么？”

吕暖暖懒得和他解释：“没什么。”

说话间，店主小姐姐已经把他们要的饮品端了过来：“两位的饮料，吸管在这里，请慢用。”

吕暖暖把那杯奶霜焦糖奶茶递给归璨，店主小姐姐又说：“两位好般配啊。小帅哥，你旁边的这位美女是你的女朋友吗？”

归璨摇了摇头，一本正经地说：“不是女朋友，是主人。”

这话一出口，吕暖暖和店主小姐姐都尬住。

吕暖暖尴尬地冲着店主小姐姐笑了笑，拽着归璨就走了。

大哥，你这个回答实在是很微妙，不知道的还以为我有什么奇怪的嗜好呢！

偏偏归瑧的注意力都集中在奶茶上。他认真地喝着奶茶，对周遭尴尬的气氛浑然不觉。

吕暖暖一边喝着自己的柠檬茶，一边看着归瑧。不知怎么，他这副认真喝奶茶的表情实在是让人觉得很可爱。

吕暖暖问道："奶茶好喝吗？"

归瑧点了点头："好喝。"

"这么回答是不对的。"吕暖暖一秒钟开启了教学模式，"我刚刚说了，你要学会做一个温柔、体贴、又会疼人的男朋友。所以如果我问你问题，你就不能这么简单敷衍地回答。"

归瑧问："那我该怎么回答？"

"你要学会说能哄我开心的话。"吕暖暖耐心地教导，"如果你觉得好喝，在你说完'好喝'之后还要再说一句别的，比如'奶茶很好喝，我想和你一起喝'，或者'没有你陪着我，这杯奶茶就不好喝了'之类的。你明白了吗？"

归瑧有点儿头疼，这个女人真的好麻烦："明白了。"

吕暖暖摆出一副孺子可教的表情，欣慰地点了点头："那我们再来一次。奶茶好喝吗？"

归瑧直接摇头："不好喝。"

吕暖暖简直要被他气笑了。

真不愧是她爷爷做出来的机器人，运算问题都是选择最优解，直接把问题扼杀在摇篮。

吕暖暖还没来得及批评教育归瑧，归瑧却顿住了脚步，透过通用透明玻璃橱窗向里看去。

那是一家宠物生活体验馆。橱窗的另一侧放了几座猫爬架，一只猫咪正懒洋洋地翘着尾巴望着归瓈。看到归瓈在看自己，那只猫摇了摇尾巴，又打了个哈欠。

归瓈没拿奶茶的那只手轻轻覆在了橱窗上，开始近距离地看那只猫。

那是一只纯白的猫咪，眼睛却是幽蓝的。

这还是归瓈第一次看到这样漂亮又可爱的生物。

“好可爱的小猫啊。”吕暖暖也趴在了橱窗上，“我一直都想养一只猫，可是我工作太忙，没有时间照顾宠物……”

说到这里，吕暖暖突然一脸兴奋地转头望向归瓈：“我送你一只猫好不好？”

归瓈有些受宠若惊：“可以吗？”

“反正你天天都在家嘛，有的是时间可以照顾它。”吕暖暖“嘿嘿”贼笑一声，“你负责照顾它，我负责撸。”

吕暖暖是个行动派。打定主意后，她就拽着归瓈进了宠物店，买下了那只白色的猫咪。

“现在它是你的了。”吕暖暖把它塞进归瓈的怀里，“你给它起个名字吧。”

那只猫咪看起来毛茸茸的，摸起来舒服柔软。归瓈小心翼翼地抱着它，试探着捋了捋它的皮毛，眼里露出温柔的神情：“我们叫它奶茶好不好？”

“好啊。”吕暖暖一口答应，“可是为什么要叫它奶茶？”

“因为它很可爱！”归璨兴奋地把奶茶抱了起来，满含深情地对它说，“你就和我刚刚喝过的奶茶一样甜。”

吕暖暖一脸无语。

刚刚老娘教你说情话，你给我把问题扼杀在摇篮里，结果现在对着一只猫你倒是撩得起劲，骚话说起来一套一套的。

不过那只猫似乎并不领情。它“喵”了一声，从归璨怀里跑到吕暖暖的肩膀上。

猫大多喜欢温暖的环境，归璨的体温低于常人，相比较之下，奶茶更喜欢吕暖暖。

抱着一只猫去逛街也不方便，吕暖暖只好带着归璨和奶茶先回了家。

有了一只猫的归璨似乎很兴奋。一路上，他都逗着奶茶，完全把要学会怎么成为一个合格男友抛到了脑后。

吕暖暖叹了口气。

走一步算一步吧，只希望一切都能顺利。

第三章

如何成为霸道总裁

NAKEXINGXING
WENGUOWO

请柬上的日子很快就到了。吕暖暖起了个大早，然后开始给归璨做造型。

归璨被迫换上了一套西装。这是他第一次穿这样紧身正式的衣服，衬衫和领带总让他觉得别扭。

就在他别扭地扭来扭去时，吕暖暖又拿来发胶喷到他头上：“等一下你就陪我一起去参加江贺然的订婚宴。到时候你绝对不能用奇怪的能力，不能说奇怪的话，更不能随便出故障。一定不能露馅，明白了吗？”

其实归璨搞不清楚什么是“奇怪的能力”，更搞不懂什么是“奇怪的话”。但吕暖暖神色严肃，他根本不敢多问，只好回答：“明白了。”

折腾了半天，吕暖暖终于满意地放下了梳子和发胶。她捧起归璨的脸，满意地看了看自己的杰作：“这样就对了嘛，从颜值上就碾压江贺然了！走，咱们出发！”

吕暖暖带着归璨来到请柬上写着的地址。

高澜作为台长千金，订婚宴自然也不会寒酸。订婚宴设在一所高档会所里，身穿晚礼服的吕暖暖挽着归璨的胳膊踏进会所大门，看见里面早已经有许多同事在等候了。

归璨的好长相在一登场就吸引了众人的目光。一些女同事很快围了上来：“吕暖暖，这是你男朋友吗？长得好帅啊！”

吕暖暖咧开嘴笑了：“对，之前一直没有告诉大家，正好趁着这个机会带来跟大家见见面。”

说着，她就把归璨推了出去：“快，去跟大家喝杯酒，打个招呼。”

归璨并不懂地球上的烦琐礼仪。他只好硬着头皮从香槟桌上端起酒杯，僵硬地向吕暖暖的同事们微笑着。

他悄悄侧了侧头，低声问吕暖暖：“我该说什么？”

“随便说什么都行。”吕暖暖也低声回应他，“就随便说点祝福的话好了。”

归璨干巴巴地假笑了几声。

他怎么知道地球人都是说什么样的祝福话！真是问了等于

白问！

万幸，归瓈记性不错，慌乱之中想起之前吕暖暖对他说过：“多喝热水包治百病，什么发烧感冒肚子疼，喝完热水都能好。”

总而言之，“多喝热水”是一句祝福的话就对了。

想到这里，归瓈突然有了底气。他清了清嗓子，微笑着举起了手里的香槟，对面前的那几个女同事说：“那我就祝在场的各位多喝热水吧。”

吕暖暖浑身一僵。

大哥，我之前不是告诉过你不要说奇怪的话了吗！

几个女同事“扑哧”笑出了声：“吕暖暖，你男朋友真幽默。”

“哈哈哈哈……”吕暖暖只好干笑几声，“他一直都这么幽默。”

归瓈没察觉到吕暖暖的异常。他还以为自己回答得不错，自豪地笑了笑，想要再说几句话。

吕暖暖眼疾手快地捂住了他的嘴，把他拉到自助吧台旁边。

“从现在开始，你就老老实实地待在这里，不许说话，明白了吗？”

言多必失。如果让归瓈开口，说多了绝对会露馅。

归瓈点头，然后又指指吧台上的小蛋糕和果汁：“那我可以吃这些东西吗？”

吕暖暖只觉得头疼。她点了点头：“好。”

自己家的这个机器人永远只对吃的感兴趣。

归瓈得到指令，兴高采烈地吃起了小蛋糕。吕暖暖见他吃得专心致志，也放下心来，走向别处，开始和同事们寒暄。

归璨专心致志地吃了一阵。大概是因为果汁喝多了，他觉得自己有些内急，于是在询问完服务生后去了洗手间。

解决完后，他来到洗手台洗手。厕所里并不是只有他一个人，还有另外一个男人在打电话。

透过镜子里的倒影，归璨突然发觉这个打电话的人正是之前出现在吕暖暖照片墙上的那个人，江贺然。

看到有人从厕所里出来，江贺然也下意识地抬头看了一眼。不过对他来说，归璨是个生面孔。见到出来的人是个陌生人，江贺然放下心来。他只是略微侧了侧身子，下意识避开了归璨的目光，然后继续打着自己的电话。

"……麻烦你再给我几天时间，就几天！我就有钱还给你了！"

归璨用余光偷瞥了他一眼，然后悄悄地把手伸到耳后，按了一下自己耳后的无线装置。

这个无线装置相当于一个功能强大的微缩电脑，自然也有录音录像这种基础的功能。

"我已经拿到晋升的机会了——我没有骗你，我真的没有骗你！那个跟我竞争的蠢女人她喜欢我，所以我要了点小手段，她就乖乖把这个机会拱手让人了……

"我知道我这点薪水不够！所以我才要结婚啊，我花那么大的精力去追高澜，不就是图她有钱吗？今天就是我和她订婚的日子，她的钱很快就是我的了！

“吕暖暖的爷爷也很有钱我当然知道！她虽然蠢，可她的爷爷太精明了！要是早知道她爷爷这么快就去世了，我还用费那么大力气去追高澜？吕暖暖可比高澜好追多了！

“我警告你，你少拿这些事来威胁我！如果你现在把事情全抖出来，我和高澜的婚约一泡汤，那我欠的那些赌债你一分钱都别想拿到！”

江贺然情绪激动地挂了电话。他一转身，就发现归璨正直勾勾地看着他，心里立刻就发毛了：“你看什么？”

“嗯……”归璨也不知道在地球上遇到这种情况应该说些什么，那就说句不会出错的吧，“祝你多喝热水。”

江贺然朝地上“呸”了一口：“你有病啊？”

归璨并不知道这是句骂人的话，十分诚恳地回答：“没有啊。”

这个人果然脑子有病。江贺然不愿意再和他多废话，翻了个白眼就离开了。

等到洗手间的门重新关上，归璨又按了一下自己耳后的无线装置，结束了这次的录制。

另一边，吕暖暖正和几个同事聊得起劲。

这时，耳边突然传来一声：“吕暖暖？”

吕暖暖回头，看见站在自己身后的正是今天的女主角，高澜。

她身着盛装，胳膊还挽着自己的未婚夫江贺然。

不知道为什么，高澜在看到吕暖暖之后，似乎把江贺然挽得更紧了些。

江贺然也向吕暖暖友好地微笑着，仿佛之前陷害吕暖暖的人根本不是他。

“你就是吕暖暖吧。你好，我是广告部的高澜。”高澜微笑着向吕暖暖打着招呼，“咱们应该是第一次见面，不过听贺然说，你是他之前的搭档，所以你和贺然应该挺熟吧。”

吕暖暖点了点头：“对，我们是老搭档了。”

“啊，这样啊。”高澜笑眯眯地说，“那么传闻是真的咯？”

吕暖暖一愣：“什么传闻？”

“也不是什么大不了的传闻。”高澜突然瞥了自己身旁的江贺然一眼，“我只是听说，吕小姐是个感性的人。所谓感性，就是有时候会生出不该生出的情绪——比如日久生情，喜欢上自己的搭档之类的。”

听到这里，吕暖暖就明白了，高澜这是在吃她的干醋，正向她宣示主权呢。

没错，她之前是喜欢过江贺然。不过再强烈的喜欢也抵不过欺骗。亏她已经吃过了，这份可笑的心情也就泯灭得差不多了。

现在她看着江贺然，满眼都是厌恶。

江贺然也没料到高澜会知道这些事，毕竟吕暖暖的暗恋很隐蔽，知道这件事的人极少：“亲爱的，你是从哪里听到这些乱七八糟的传闻的？”

高澜直接亲昵地贴在江贺然身上：“亲爱的，人家这是怕你被不正经的女人勾引走。毕竟人家太在乎你了嘛！”

江贺然反应得够快，立刻就明白自己该做什么了：“怎么会呢？亲爱的，你可不是随便一个平庸的女人就能比得上的。”

吕暖暖听完之后翻了一个白眼。

好吧，这两口子在这里肉麻也就罢了，还要顺便踩她一脚。

“亲爱的，你又美丽、又聪明，还性格温婉、善解人意，这些都是我迷恋你的原因。”江贺然瞥了吕暖暖一眼，嘴角露出讥讽的笑容，“这些东西我在别的女人身上就没有看到。你说是不是，吕暖暖？”

话说到这个地步，就算是个傻子也能听出这是在针对吕暖暖了。吕暖暖的脸有些发烫，她还是第一次被人这么当众羞辱。

一有骚乱出现，最不缺的就是看热闹的人。那些和吕暖暖熟的、不熟的宾客都乐得看一场不要钱的闹剧，人群开始不断聚拢，很快就围成了一个小圆圈。

吕暖暖难堪到了极点。

可是江贺然为了讨高澜的欢心还在不依不饶，他是急于想和吕暖暖撇清关系：“我知道之前可能有人暗恋过我。暗恋嘛，只要不说出来都是不算数的。我也不想和同事闹得太僵，之前我也多次暗示过自己对某些人没有意思，可是那些人就是不听，纠缠着我不放。”

他就这样赤裸裸地把别人偷偷埋藏在心底的喜欢拿出来给大家看，还要对着这份喜欢大肆嘲笑一番。

江贺然故意重重地叹了口气：“这样的女人估计也没有男人喜

欢吧？”

“谁说没有。”

听到归瑧的声音，吕暖暖猛地回了头。

本该老老实实待在吧台旁的归瑧不知道什么时候出现在了这里。他拨开人群，来到吕暖暖身后，然后把自己的手搭在吕暖暖的肩膀上。

他手上一用力，吕暖暖就一个趔趄跌进了他的怀里。

吕暖暖一个抬头，就看到归瑧的表情变得十分认真，嘴角还挂着一丝若有似无的微笑。

这个表情她太熟悉了。这是归瑧在学霸道总裁时才会露出的表情。

吕暖暖这才想起，自己给他看的那盘 DVD 里好像确实有打脸渣男前男友的情景，和现在的状况十分相似。

想到这里，吕暖暖的心立刻提到了嗓子眼。归瑧最多也就能达到现学现卖的水平，她真怕归瑧再照本宣科按照电视剧的套路说出什么惊世骇俗的台词。

万幸万幸，归瑧接下来说出的台词很正常：“谁说暖暖没人喜欢，她是一个非常值得被疼爱的女孩，我很爱她。”

他的表情十分到位，微扬的眉毛，轻勾的嘴角，极好地诠释了什么叫温柔和疼爱。

哪怕明知道归瑧只是个冷冰冰的机器人，这些都是他预先设定好的台词和套路，可吕暖暖还是不争气地感觉到自己的胸口轻颤了一下。

暧昧上头的那几秒，实在太像是爱情了。

归璨突然出现，最慌张的就是江贺然。他认出归璨就是刚刚在洗手间里让他“多喝热水”的那个神经病，换句话说，归璨把他在洗手间里说过的话一字不落地听到了。

真是冤家路窄，他怎么会是吕暖暖的男朋友？

江贺然心中忐忑不安，表面上却要佯装淡定。归璨一登场就是一副来者不善的表情——太好了，既然大家都知道他和自己不对付，那无论他说什么，自己只要一口咬定是诬陷就行了。

刚刚他和归璨在洗手间相遇实属偶然，这个男人总不至于无聊到随身开着录音功能，连上厕所都不关吧？只要没有实打实的证据，那么一切都还能有抵赖的余地。

想到这里，江贺然那颗悬着的心才略微放下了一些。他清了清嗓子，又摆出一副假笑：“暖暖，原来你有男朋友了啊，怎么没听你提过？这位先生是？”

吕暖暖唯恐归璨说错了话，还没等归璨开口就抢先回答：“他叫归璨，是……是爷爷介绍给我认识的。”

如果不是爷爷，她的确遇不到归璨。她这也不算是说谎嘛！

“归璨先生倒是一表人才，相貌堂堂。”江贺然皮笑肉不笑地说道，“我倒是很好奇，归璨先生有这么好的条件，怎么会找一个和自己条件差距这么大的女朋友？”

这话虽然是冲着归璨说的，可换作是谁都能听出这炮火是冲着吕暖暖开的。吕暖暖窝了一肚子的火，刚要发作，归璨却不动声色地按住了她的肩膀。

“暖暖她的确算不上完美。她不算沉鱼落雁，也不算倾国倾城。她不算聪明绝顶，也不算风情万种。她粗心，她迷糊，她会耍小性子，这些我都承认。可是，我就是喜欢这样的她，这么真实又可爱的她。”

归璨抬起眉眼，看了看四周，目光最后落到了江贺然和高澜身上。

“我喜欢她，就只是因为我喜欢她这个人，干净纯粹，没有任何其他的原因。”归璨微笑着望向江贺然，“这就是我和你的不同，对吧，江先生？”

江贺然的表情变了，高澜也皱起了眉头：“你什么意思？”

归璨没有再说废话。他抬起手来，在自己的耳后按了一下，一只蜂鸟似的小装置便飞了出来，出现在了众人的眼前。

吕暖暖的爷爷吕聿怀是人工智能领域的专家。听吕暖暖的介绍，归璨不光是吕聿怀的朋友，更是吕暖暖的男朋友。照这么说来，他有些别人没有的电子设备也算是正常。眼看归璨拿出了这么个神奇的小玩意儿，围观的众人倒也没觉得有什么奇怪。

那个小装置稳稳地停在半空中，突然发出光亮，江贺然的面前就多出了一个人。

正是他自己的全息影像。

人群中发出了惊叹声，他们还是第一次看到如此真实清晰的全息影像投影。

能拿出这样的东西，看来这个归璨并不是普通人。

被投影出的那个江贺然正摆出一副气急败坏的表情，压低了嗓音在对着自己的手机说什么。江贺然说话的声音并不大，但架不住归璨的录音设备质量好，江贺然说过的那些话被清晰地传入大家的耳中：

“我已经拿到晋升的机会了——我没有骗你，我真的没有骗你！那个跟我竞争的蠢女人她喜欢我，所以我耍了点小手段，她就乖乖把这个机会拱手让人了……

“我知道我这点薪水不够！所以我才要结婚啊，我花那么大的精力去追高澜，不就是图她有钱吗？今天就是我和她订婚的日子，她的钱很快就是我的了！

“吕暖暖的爷爷也很有钱我当然知道！她虽然蠢，可她的爷爷太精明了！要是早知道她爷爷这么快就去世了，我还用费那么大力气去追高澜？吕暖暖可比高澜好追多了！

“我警告你，你少拿这些事来威胁我！如果你现在把事情全抖出来，我和高澜的婚约一泡汤，那我欠的那些赌债你一分钱都别想拿到！”

录像到这里戛然而止，最后一个画面定格在江贺然狰狞的表情上。那只蜂鸟似的小移动装置又乖乖地自动回到归璨的耳后。

四周一片哗然，但又很快沉寂下来。

大家都看向高澜。

她紧紧抿着嘴，一直挽着江贺然的手也松开了。

江贺然的嘴又张又合，说话都不利落了：“亲……亲……亲爱的，你听我解释。”

高澜后退一步，一脸讥讽地望着他：“怎么，你这是觉得空气烫嘴吗？”

吕暖暖冷眼旁观着。

早就听说台长千金是个敢爱敢恨的女人，今天一见果然名不虚传。之前吕暖暖喜欢江贺然时，就处处维护他。现在她发现江贺然的真面目了，就又毫不犹豫地像扔垃圾一样把他给扔掉。

“视频是假的！”江贺然只能咬牙狡辩，“亲爱的，就凭这么一段捏造出来的视频，你就不愿意再相信我了？”

“之前我借给你二十万，你说这笔钱你是拿去投资商铺了，那时我是因为信任你才没有详细追问你。”高澜不慌不忙地开口，“你想证明自己很简单，现在你告诉我，你投资的是哪里的商铺？合同呢？协议呢？物业的电话呢？但凡你现在能拿出其中一样证据，我就再相信你一次。”

江贺然哑口无言。

“拿不出来是吧。”高澜冷笑，“因为那二十万都被你拿去堵赌债的窟窿了，对吧？”

“不是！”江贺然抵死不承认，他伸出手去想要拽住高澜，“我根本没有赌博！”

众目睽睽之下，高澜却一点情面都不打算留给江贺然。她甩开江贺然的手：“江贺然，给你三天时间，那二十万麻烦你物归原主。否则，你就等着去收法院的传票吧！”

高澜咬牙切齿地说完，踩着高跟鞋离开了。

好好的一场订婚宴还没开始就结束了。原本是主角的一对新人一个匆匆离开，一个穷追不舍，只留下一堆看热闹的人愣在原地不知所措。

理所当然地，全场的目光又都聚集在了归璨身上。要不是半路杀出个他来，这场订婚宴怎么会变得这么精彩。

看到大家都在盯着自己看，归璨觉得自己有义务发个言。他微微一笑，说出了自己唯一会的那句祝福语："那我就祝在场的各位多喝热——"

归璨这句话才说到一半，就被吕暖暖用手捂了嘴。吕暖暖尴尬地笑了笑，拉着他离开了会场。

等到四下无人时，吕暖暖才把手松开："以后，禁止说'多喝热水'这四个字！"

归璨并不理解："为什么？这不是一句祝福语吗？"

"这是祝福语吗？这算是哪门子的祝福语！"吕暖暖呵斥他，"你就把这句话当成是脏话、骂人的话，明白了吗？"

归璨"哦"了一声，听话地点点头："明白了。"

地球人的语言体系还真是复杂，听起来这么友好的一句话居然是用来骂人的话。

他们出来得匆忙，连饭都没有吃。不过哪怕是饿着肚子散了场，吕暖暖还是兴高采烈的。归璨算是替她狠狠地出了一口恶气，江贺然那副恨不得就地找条地缝钻进去的窘迫表情真是精彩极了。

吕暖暖万万没想到，归瓈居然还留了这么一手。

这一切都要归功于他。

回去的路上，吕暖暖一直在“嘿嘿”傻笑：“归瓈，你刚刚说的那些话都是从哪里学来的？”

归瓈诚实回答：“电视上。”

归瓈当然知道什么叫活学活用。看到吕暖暖陷入了和电视上相似的境地，他就站了出来。

“干得漂亮！”吕暖暖拽住归瓈的胳膊，拉着他高兴地转起了圈，“你还跟着电视剧学到什么了？”

归瓈看了看吕暖暖，突然环着吕暖暖的腰和腿弯把她抱了起来，举到半空。

“忘了他吧。”归瓈仰头望着原本比自己矮很多的吕暖暖，表情严肃地说，“他轻视你、欺骗你，把你推入深渊，而我愿意永远珍视你、爱慕你，永远像这样虔诚地仰视你。”

这些也是电视剧里的动作和台词。

“其实我不是很能理解这些话的意思。”归瓈的表情突然变了，变得不那么严肃深情，却十分真诚，“但是电视剧里的女主角在听完这些话后就振作了起来，我希望你也能够重新变得有精神起来。我更喜欢带着笑容的你。”

吕暖暖看了看他，笑了。她低下头来环住归瓈的脖子，在他的额头上“啾”了一口：“谢谢你。”

温润柔软的触感一印到额头，归瓈就浑身一颤，连抱着吕暖暖的双臂也猛地一抖，险些搂抱不住。

吕暖暖突然失重，尖叫一声。幸亏归璨反应够快，立刻又紧紧抱住了她。

吕暖暖惊魂未定："刚才发生了什么？"

归璨张了张嘴："没什么……"

其实他对刚才发生了什么心知肚明。

就在吕暖暖亲吻他的一瞬间，他发现自己的心脏狂跳不止。

虽然归璨自己不想承认……但他大概是爱上了一个地球人。

第四章

情敌降临

NAKEXINGXING
WENGUOWO

江贺然被电台开除了。

他赌博成性的罪名被坐实了，台里顺藤摸瓜，查明了台里几笔去向不明的资金的下落——江贺然表面上道貌岸然，私底下嗜赌成性，欠下了无数赌债。为此，他铤而走险，曾多次私自挪动公款用来填自己的财务窟窿。

挪用公款不是个小罪名，江贺然只能接受自己被开除的事实。

原本春风得意的江贺然就这么失去了自己的未婚妻和事业。

不过可惜的是，虽然江贺然得到了他应有的惩罚，但吕暖暖的冤枉却没能被洗白。吕暖暖只能继续主持着深夜档的《倾听心声》，过着昼伏夜出、黑白颠倒的生活。

吕暖暖白天睡大觉，晚上去上班，归璨就成了最无聊的那个。等到家里的家务都做完了，他就只能去逗弄那只叫“奶茶”的猫咪。

“奶茶，过来。”

可是奶茶并不理他。

大概是因为归璨的体温过低，奶茶很抗拒他的触碰。每次还没等到归璨碰到它，它就轻轻一跃逃到别处。

地球人都“白眼狼白眼狼”地叫，依归璨看，分明应该是“白眼猫”才对。

给它喂食铲屎的是他，天天拿逗猫棒哄它开心的也是他，结果这猫根本不领情，反倒每天都跟没伺候过它的吕暖暖撒娇亲热。

每天看着吕暖暖抱着奶茶窝在沙发上，一人一猫亲密偎依，他都不知道自己该不该吃这份干醋。

他都不知道自己到底是嫉妒吕暖暖还是嫉妒奶茶。

归璨正懊恼的时候，门铃响了。

他在吕暖暖家已经住了一段日子，门铃却是第一次响起。

归璨茫然地看了看房间各处，他不知道这个声音是门铃发出的，更不知道这个声音意味着有人到访。

临近傍晚了，吕暖暖也差不多醒了。她打着哈欠从卧室走出来，懒洋洋地问：“谁啊？”

“我，蒋谦修。”门外是一个男人的声音，“请问这是吕暖暖家吗？”

听到这个名字，吕暖暖突然精神起来，赶紧把门打开。她的声音很惊喜："谦修哥哥，真的是你！"

门外站着一个戴着眼镜的儒雅男子，他对吕暖暖微微一笑："暖暖，好久不见。"

看见吕暖暖这副欣喜的表情，归璨心里警铃大作。他立刻用自己耳后的无线装置搜索了一下"哥哥"这两个字的含义。

无线装置是这么告诉他的：哥哥，在地球上是指同辈亲属中年纪更长的男性，也是一种情人之间的暧昧称呼。

情人之间的暧昧称呼？

归璨的表情立刻变得阴沉。

吕暖暖把蒋谦修迎进家门："快进来，请坐。归璨，快给谦修哥哥倒杯水！"

蒋谦修这才发现房间里还有一个男人："暖暖，这位是？"

"那我介绍一下。"

吕暖暖向归璨钩了钩手，归璨只好乖乖地走了过去。

"这位是归璨，是爷爷留给我的礼物。"

蒋谦修一愣："礼物？"

"对，归璨是个机器人。"吕暖暖踮起脚来揉了揉归璨的脑袋，"怎么样，很像是真人吧？"

听到这个答案，蒋谦修不由得笑了："不愧是老师。"

他向归璨伸出手来："贵财，初次见面，你好。"

归璨纠正他："是归璨，不是贵财。"

哪怕读音相似，画风却差距极大。

怪就要怪吕聿怀那个老头儿，之前他起的名字乡土气息浓厚，蒋谦修自然会把归璨的名字往土了想。

听到归璨纠正自己，蒋谦修哈哈笑了笑："不愧是老师的作品，还能自动精准校正读音。这样的程序可不好做。"

"你也不赖嘛。爷爷以前常说，他带过那么多学生，最出色的就是你了。"吕暖暖说着，又转过脸来向归璨介绍蒋谦修，"归璨，这位是蒋谦修，从小和我一起长大。他现在是一名专攻人工智能的科研人员，也是爷爷最得意的弟子，之前一直在国外进修。"

归璨只是冷冷地看着眼前这个不速之客。

吕暖暖招呼蒋谦修坐。

"对了，谦修哥哥。"吕暖暖一口一个"哥哥"听得归璨直冒火，"你怎么从国外回来了？"

蒋谦修回道："我是受老师所托。说来惭愧，老师去世了这么久，我居然现在才知道。要不是律师联系我，我都不知老师已经……我原本以为，这样的大事，老师无论如何也会通知我一声。"

看来蒋谦修和吕聿怀感情很深，谈及恩师，蒋谦修的喉头开始哽咽。

吕暖暖连忙安慰他："这不怪你。爷爷去世的时候谁都没有通知，就连我也是之后才知道……他大概是不想让大家那么伤感，才执意不愿意见大家最后一面的吧。"

"是啊。"蒋谦修也不由得感叹，"老师一直都是那么固执。"

说话之间，他打开了自己带来的文件袋。

“其实老师在很久之前就吩咐过我，他百年以后，就让我把这些东西交给你。”

蒋谦修把一沓文件递给吕暖暖。

吕暖暖接了过来：“这是什么？”

“这是老师名下的专利和基金。现在它们属于你。”

吕暖暖不由得有些发怔。

在此之前，律师已经向她交接了爷爷名下所有的存款和不动产，那已经是个很惊人的数字了，没想到爷爷留下的却远不止那些。

存款数额再大，也不过是个只能不断减少的死数。而这些专利和基金能给她带来源源不断的巨额财富。

爷爷真的是把自己的一切都留给她了。

之前爷爷曾在留给她的信中写道：“律师应该已经来找过你，交接我名下所有的财产了。过几天，还会有人来找你交接我的专利。”原来那个人就是蒋谦修。

由此看来，爷爷是真的很信任蒋谦修，才会把这么重要的事情托付给他。而蒋谦修也没有辜负他老人家的嘱托，把这些重要的专利和基金好好地交到了她的手上。

蒋谦修递给吕暖暖一支笔：“暖暖，签字吧。”

吕暖暖回过神来。她吸了吸鼻子，然后拿起笔，在那些文件上签署了自己的名字。

等到最后一笔写完，蒋谦修也放下心来：“这么一来，我的任务也总算是完成了。”

“对了，谦修哥哥，这些年来你在国外过得怎么样？”吕暖暖用笑容掩饰住自己的伤感，“这次回国后，你还会继续回国外进修吗？”

蒋谦修摇了摇头：“不了。这次回来，我打算留在国内发展。我已经和一家国内家电企业签订了合同，做他们的技术总监，这样也能让我这些年来的科研成果转化为实际的经济效益——下次我再来的时候，带几件我研发出来的智能小家电送给你好不好？”

归璨在旁边不悦地“嘁”了一声——这人是什么意思，居然还想“下次再来”？

吕暖暖却毫无察觉，她双眼发光：“那太好了！正好可以让我见识一下，你和爷爷到底谁更厉害。”

“我怎么能和老师比呢。”蒋谦修感叹，“老师是真正的天才。可以说，他的才智是超越这个时代的。”

虽然归璨不待见蒋谦修，但对于这句话他还是赞同的。在地球如此贫瘠的科学技术水平下，吕聿怀居然能发明出阿尔法元件。要知道，阿尔法元件的发明意味着地球的科技水平已经逼近了高度文明的异星球。说吕聿怀是超越时代的天才一点都不为过。

“爷爷就是太聪明了，聪明到我经常怀疑自己到底是不是他的亲孙女。他发明的那些东西啊，别说是让我搞懂原理了，让我搞清楚怎么使用都费劲。”吕暖暖才叹了一口气，突然想起了一样东西，“我想起来了。谦修哥哥，有件东西我想请你看一下。”

蒋谦修点了点头。吕暖暖从沙发上站起身来时，才注意到一直在旁边干瞪眼的归璨："我不是让你给谦修哥哥倒杯水吗，还愣着干什么？快去啊！"

归璨暗暗翻了一个白眼，然后到厨房倒了一杯滚烫的水。

他把那杯水用力地放在蒋谦修面前的茶几上，然后恶狠狠地说了一句："多喝热水！"

吕暖暖之前教过他，"多喝热水"这四个字是脏话、骂人的话，用来表达他现在对蒋谦修的不满再合适不过。

不过蒋谦修并没有察觉到异样，他只是微笑着向归璨点点头："谢谢。"

这时，吕暖暖从卧室走了出来，手里还拿着一个东西——正是她从爷爷的书房里找到的，装着阿尔法元件的那个孔明锁。

吕暖暖把那个孔明锁递到蒋谦修面前："谦修哥哥，你知道这是什么吗？这是我从爷爷的书房里找到的。"

蒋谦修看了这东西一眼，并不急于去触碰："你有橡胶绝缘手套吗？"

吕暖暖觉得莫名其妙，但还是让归璨拿来了橡胶手套。

蒋谦修戴上手套，这才郑重其事地举起孔明锁看了看。

"这上面装有强电流防盗装置。"蒋谦修指了指上面两个几乎小到看不见的微孔，"这个孔明锁应该是用指纹和面容来解锁的，如果没有通过身份认证就去碰它，就会自动释放出强电流——估计要是来个不怎么聪明的小偷，他怎么都不会想到就这么一个小东西上还会有防盗装置，十有八九会被强电流撂倒。”

归璨听后欲言又止——

不怎么聪明的小偷，这不就是在说他吗！

蒋谦修把孔明锁翻转了几周，就听到里面有物品晃动的声音。他又试探着去推了推里面的部件，但那些部件纹丝不动。

“看来里面应该是装着东西，只有解开这个孔明锁才能拿到。”蒋谦修下了结论，然后把孔明锁递还给吕暖暖，“而且只有你才能打开它。这应该是老师特意留给你的礼物。”

“可是这个孔明锁的设计未免也太复杂了，要解开得花不少时间吧。”吕暖暖不由得嘟嘴，“他要是想送我礼物就直接送嘛，非要搞得这么复杂。”

蒋谦修笑了：“老师他应该是有自己的考量吧。”

吕聿怀虽然性格顽皮，像个长不大的老小孩儿，但他并不是无理取闹的人，对待每件事情他都有自己独到的见解。他故意把要送的东西装在这么复杂的机关盒里，也许是有什么特别的用意。

听到蒋谦修这么说，吕暖暖只好点了点头，准备把孔明锁收起来。

这时，她的肚子却不争气地叫了起来，而且声音不小——“咕——”

吕暖暖下意识地捂住自己的肚子，脸也烧得通红。

工作调换之后，她的作息就变得日夜颠倒。现在正是傍晚，刚好是她该吃第一顿饭的时候。

蒋谦修看到她窘迫的样子不由得发笑。他看了看自己腕上的手

表：“时候不早了，我的肚子也有点饿了。暖暖，机会难得，我请你吃顿饭吧。”

他并不提吕暖暖肚子咕咕叫的事，却说自己饿了。这就是蒋谦修的做事风格：温柔体贴，儒雅谦和，处处为他人着想。

吕暖暖自然愿意顺着台阶往下走：“你为了我大老远跑了这一趟，这顿饭怎么能让你请呢！你想吃什么，我现在去订位置。”说完，吕暖暖就站起身，顺势去拿手机。

蒋谦修却把她拦了下来：“如果你非要请的话，我更想吃你亲手做的饭菜。暖暖，我在国外的时候，最怀念的就是你做的菜。你是我遇到过做饭最好吃的女孩子。”

这句话也算不上是恭维，吕暖暖的确很擅长下厨。听到蒋谦修这么说，吕暖暖拍了拍胸脯：“没问题，你想吃什么？”

“随便什么都好。”蒋谦修微笑，“只要是你做的，我都喜欢吃。”

站在旁边的归璨默默地翻了个白眼。

这个表情，这个语气，这个眼神，这些肉麻的话，但凡不是个瞎子都能看出来这个蒋谦修是喜欢吕暖暖的！

可偏偏吕暖暖本人浑然不觉：“那我去准备一下……不过材料可能要去现买。”

“擅长”和“喜欢”是截然不同的两码事。吕暖暖是很擅长下厨不假，可在大多数情况下她都懒得动手，所以就习惯于靠外卖填饱肚子。

听到这里，蒋谦修又献起了殷勤：“那我现在去买菜？”

“跑腿这种事哪里用得着你亲自来啊，让归璨去做就是了。”吕暖暖说着，在便笺纸上列出一串长长的清单让归璨拿好，还不忘叮嘱，“你可以坐地铁去附近的超市买这些东西。如果不明白我写的是什么就去问超市里的售货员，不要买奇怪的东西回来，更不要在外面说什么奇怪的话或者做什么奇怪的事，明白了吗？”

之前吕暖暖已经特意训练过归璨怎么坐地铁和去超市买东西，归璨也没少替她跑腿，这次任务对他来说并不算是难事。

归璨点了点头：“明白了。”

吕暖暖又开始找钱包：“你等一下，我给你钱……哎？我钱包呢？”

“还是我来吧。”蒋谦修拿出自己的钱包，从里面抽出几张钞票，递给归璨，“那就麻烦你了，贵财。”

归璨的嘴角抽搐了一下：“是归璨，不是贵财。”

看你戴着眼镜也像是个高级知识分子，怎么连人话都不会说？

蒋谦修哈哈大笑：“不好意思，之前老师给自己的作品起的名字都很……都很淳朴，我有点不习惯。下次我注意，你也早去早回，注意安全，贵……归璨。”

归璨默默地“嗯”了一声就出了门，向家门口的地铁站走去。

归璨在之前已经独自坐过很多次地铁了，流程他也已经烂熟于心。他刷卡进了站，然后登上了自己要坐的那趟地铁。

时间不早不晚，恰好是个清冷的时段。平日里拥挤的地铁现在难得有空座，而且一空就是三个。归璨没有多想，就在中间的位置坐了下来，开始发愣。

现在他满脑子都是蒋谦修。

从吕暖暖和蒋谦修的对话里得知，蒋谦修是吕聿怀最得意的弟子，还是和吕暖暖一起长大的青梅竹马。最重要的是，蒋谦修对吕暖暖抱有极大的好感。

归璨最介意的就是这一点：蒋谦修的这种好感到底算是哪一种？是朋友之间的那种，还是亲人之间的那种，或者是情侣之间的那种？

如果蒋谦修真的喜欢吕暖暖，那么吕暖暖被蒋谦修追到手的概率有多大？

想到这里，归璨只觉得自己的脑子变成了一团乱麻，怎么都理不出个头绪。

他只知道，他非常不愿意看到蒋谦修和吕暖暖成天在自己眼前谈恋爱。要是让他天天看这两个人腻歪在一起，那他宁可被地球人抓去泡药酒。

就在他胡思乱想的时候，地铁又驶过了一站。地铁门打开，一对亲亲密密挽着手的小情侣走进了车厢。

看见这两个人，归璨不知怎么就联想到了吕暖暖小鸟依人地依偎在蒋谦修身上的画面，心里立刻醋意大发，连带着对那对小情侣翻了个大大的白眼。

那对小情侣没注意到归璨的这个白眼，却注意到了归璨身边的两个空座。他们手挽着手走到归璨面前，然后女生撒娇似的开口道：“帅哥，可以麻烦你挪一下座位吗？我想和我男朋友坐在一起。”

归璨一听这话，心里不知怎么就起了一股无名火：“不挪，我也想和你男朋友坐在一起。”

他现在就看不得别人甜蜜亲热，拆散一对是一对！

听到归璨的回答，那个女生神情复杂地看了归璨一眼，然后拉着自己的男朋友躲到了车厢的最角落。

归璨则憋着一肚子的气到超市里买完了东西，又憋着一肚子气回到了家里。

等他回到家，那就更要命了。他眼睁睁地看着吕暖暖使出浑身解数为蒋谦修做了一桌丰盛的饭菜，自己却只有在旁边干看的份。

吕暖暖做了一桌子的饭菜让蒋谦修吃了个精光。那个蒋谦修就像是几辈子没吃过饭的猪一样，一口都没给他留。

更让归璨觉得凄凉的是，蒋谦修走了之后，他还要收拾厨房。

天底下哪有这样的事，吕暖暖给别的男人做饭吃，他还要给那个男人刷盘子。

真是欺人太甚！

归璨正觉得委屈，那只叫奶茶的猫却溜进了厨房，在归璨的脚边打转。

看到一直对自己不理不睬的奶茶突然主动靠近自己，归璨有些受宠若惊。他想弯下腰来抱抱奶茶，可自己手上沾满了油污和洗洁精：“你是饿了吗？等我一会儿，我给你找猫粮。”

可奶茶并没有理他，它专心致志地低着头，不时高速移动着，好像在抓什么东西。

归璨这才注意到，奶茶的确是在追一只不明生物。

那只身份不明的地球生物体积很小，通体乌黑，头上顶着两根长长的触须，而且移动得飞快。眼看奶茶马上就要抓到它了，它却振了振翅膀，直接一跃飞到了归璨的鼻尖上。

归璨和它对视了三秒，突然甩掉了手里的盘子，还尖叫了一声：“啊！”

在进化过程中，对昆虫的恐惧就被写进了人类的基因。这份恐惧可以帮助人类有效地避免虫毒等不利因素的伤害，这一有利生存的本能被保留至今。这一点对地球人是这样，对异星人也是如此。

这只不速之客也被归璨的惨叫吓了一跳，立刻振翅飞到了还散发着异味的垃圾堆里藏身。

归璨看到这幅景象又是一阵恶寒——这个小东西长得这么恐怖也就罢了，竟然还这么脏！

地球上怎么会有这么恶心的生物！

他感觉自己全身的汗毛都倒立起来了，现在他只想把自己刚刚被它碰过的鼻子好好消一消毒。

吕暖暖听到动静也进了厨房：“怎么了？”

归璨伸出胳膊指了指那只不明生物，连声音都发抖了：“那个……”

那只小东西也察觉到自己的位置已经暴露了，于是又飞到了别的地方。

这一次，它落到了吕暖暖的脚边。

吕暖暖也看了看它：“啊，这是蟑螂。”

归璨仍旧害怕到口齿不清：“蟑……蟑螂？”

“对啊，蟑螂。不要害怕，蟑螂不咬人的。”

吕暖暖说着，就弯下腰来脱了自己的拖鞋，然后以迅雷不及掩耳之势用手里的拖鞋拍到了那只蟑螂。

“只要你速度够快，就能直接拍死它。下回见到，直接拍死。”

吕暖暖把拖鞋拿开，那只蟑螂的触角却还在微微动着，并没有阵亡。

吕暖暖直接捏着蟑螂的触角把它拎了起来：“好像没被拍死啊……算了。”

她抽出一张厨房纸巾，把蟑螂包在了里面，然后直接把那只半死不活的蟑螂丢进了垃圾桶。

归璨看了简直毛骨悚然：“你怎么能……你怎么能……”

这么恶心又肮脏的东西，你怎么能直接用手去捏？

“都跟你说了，蟑螂又不咬人。”吕暖暖的脸上毫无惧色，转身又回到客厅去看电视了，“现在没事了。奶茶，你也出来，别在厨房里捣乱。”

奶茶顺从地“喵”了一声，跟着吕暖暖出去了，只留下归璨一个人在厨房里大张着嘴。

他都不知道自己究竟是被蟑螂吓到了，还是被吕暖暖徒手捏蟑螂给吓到了。

一个身材娇小，看起来柔柔弱弱的女孩子，居然是蟑螂杀手！

这件事给归璨的冲击力实在是太大。当天晚上，他做了个噩梦。

梦里，他被蟑螂大军围攻。正在他尖叫着的时候，吕暖暖手里抄着拖鞋冲了过来。她看了看手里的拖鞋，说了一句："就拍个蟑螂，还用得着工具？"

然后，她蹲下身子，直接给归璨表演了一个徒手拍蟑螂。

"啪——"一只。

"啪——"两只。

"啪——"三只。

…………

归璨顶着一脑门的冷汗惊醒了。

桌上的收音机还播放着悠扬的音乐。此时是凌晨3点57分，是《倾听心声》的播出时间段。

哪怕吕暖暖极少有在这个没有人打来电话的节目里开口的机会，可是只要听着这档节目，归璨总会觉得莫名心安。所以吕暖暖出门之后，他都会准时打开收音机，听着节目入眠。

家里只有他一个人，还有那只叫奶茶的猫。夜深了，奶茶却还没有睡，正趴在沙发上直直地盯着他看。

周围没有什么拖鞋，也没有什么蟑螂，更没有徒手捏蟑螂的吕暖暖。

原来是一个梦……

归璨不由得长舒一口气。

归璨愣愣地盯着收音机看了一会儿，似乎是在思索什么。

节目已经到了尾声，吕暖暖柔和的声音出现在了音量锐减的音乐声中：“各位听众朋友，今晚的《倾听心声》到此结束，感谢您的陪伴，让我们下期再会。”

听到吕暖暖的声音，归瑧嘴角突然扬起了苦笑，然后开始自言自语：“吕暖暖，我可真是败给你了。”

他抬起手来，指缝嵌入了自己额前已经被冷汗打湿的头发，认命地叹了口气。

他认真地考虑了半天，哪怕知道她会徒手捏蟑螂，他居然还是喜欢她。

自从吕暖暖开始上班，归瑧就有了更多的时间去做自己想做的事。

比如录制视频日志。

吕暖暖不在家，他也不必再偷偷藏着掖着，而是光明正大地在客厅里按下自己耳后的无线装置，放出那只蜂鸟似的微型摄像机。

“今天是我来到地球的第二十八天。”归瑧对着摄像机开始录制，“我仍然没有拿到自己需要的阿尔法元件，不过现在的情况还算不错。我的飞船一直停在原来的那座山上，没有被人发现。我的伪装身份也没有被人察觉出异样……奶茶，不要乱动！”

猫咪这种生物对于虫子有着与生俱来的好奇心。也许是微型摄像机蜂鸟似的翅膀让它产生了误解，奶茶一直尝试着从沙发上一跃而起，想把摄像机一爪子给拍下来。

“这是很重要的东西，不要把它弄坏了！”

猫咪的身手一向矫健灵活，归瓈费了很大的力气也没能抓住它。

眼看奶茶就要一猫爪把摄像机从半空中拍落在地，归瓈只能发动念力，让奶茶悬浮在半空中。

奶茶惊慌地“喵”了一声，但随即就发现归瓈并没有要伤害它的意思，反倒……挺好玩的。

它开始在半空中挥爪摇尾，自娱自乐，把摄像机忘到了脑后。

归瓈见它的注意力转移了，就把它轻轻放了下来。

奶茶“喵呜”一声，竟然跑到归瓈裤腿边开始磨蹭。

奶茶还没有玩够，它这是在向归瓈撒娇，想再玩一次飘浮。

这么多天了，它总算开始主动亲近归瓈了。归瓈耐不住它的撒娇，于是又伸出手来，让奶茶重新飘在半空。

这下奶茶开心了，开始自顾自地玩了起来。

看到这小东西消停下来，归瓈也放下心来，继续录像。

“刚刚那是一只猫。猫是地球上一种常见的生物，有些调皮，不过挺可爱的。”归瓈回归正题，“逗留在地球的这段日子，我对地球也有了进一步了解。按照我的观察，地球人好像也没有传闻中那么恐怖。就我接触到的地球人来说，他们大多数的人都很不错……不过也有不讨人喜欢的家伙就是了。”

归瓈说的这个“不讨人喜欢的家伙”是指蒋谦修。

蒋谦修对吕暖暖的好感是摆在明面上的。之前蒋谦修说过，他现在在国内一家生产智能家电的企业担任技术总监，还要把自己研发出来的产品送给吕暖暖，结果还真就送来了。

一到周末休息日，蒋谦修就来敲门，身后还带着搬家公司的人。

他带来的大大小小的家电足有一货车。搬家公司的人花了不少时间才把那些大大小小的纸箱搬进吕暖暖家里。

吕暖暖直接看傻了眼：“这些是什么啊？”

“这些就是我之前跟你说过的，我参与研发的产品。”蒋谦修已经开始拆箱，“还有一些是还没有量产上市的新品，也送给你。”

吕暖暖从小跟着身为科研人员的爷爷长大，当然知道这些产品都是研发人员的心血。她有些受宠若惊：“这怎么好意思……”

蒋谦修问她：“你是不喜欢这些吗？”

吕暖暖连忙摆手：“不是不是不是。”

“不是就好。”蒋谦修咧嘴笑了，“我还以为你不喜欢，觉得这些东西是负担……暖暖，面对你的时候我总是控制不住自己，只想把一些东西强行塞给你：我的胡搅蛮缠，我的无理取闹……我从来都没问过这些东西你想不想要。我只知道，我说的这些东西，我没有想过要给别人。”

吕暖暖愣了愣，整个一副没听懂却又不好意思承认的表情：“哥，咱俩谁跟谁啊，你跟我胡搅蛮缠我也不是不能忍。”

一直在旁边冷眼旁观的归璨不由得偷笑出声。

蒋谦修“哥哥”的形象在吕暖暖心里根深蒂固，哪怕他说出这么明显的暗示，吕暖暖也没有往多了想。

这就是蒋谦修的劣势。吕暖暖认定了他是“哥哥”，他就很难跳出“哥哥”的范畴。他做再多事，吕暖暖也只是觉得这是哥哥对妹妹的关爱。

不过蒋谦修带来的这些东西的确让吕暖暖很惊喜，她蹲在蒋谦修身边好奇地打量：“你手上拿着的这台是什么啊？”

“这台是智能扫地机器人。”蒋谦修拨开开关，把那个圆盘形状的扫地机器人放到地上，机器人就开始自动在地上移动起来，“现在它正在记忆路线。它会记住这个家里各个家具的摆放位置，并且支持语音指令和自动预约功能。这款机器人具有扫地和拖地两种清洁模式，可以做到完全替代人工。以后你就可以不用再亲自清洁地板了——这款扫地机器人现在还没有正式上市，现在你看见的这个是我从研究室里拿来的样品。虽然它不像老师发明出的那些东西，具有划时代的意义，但也是领先行业水平的产品了。”

“哇，谦修哥哥你好厉害啊。”吕暖暖不由得赞叹，“不过我现在在家也没有自己打扫卫生，现在我是让归璨去做这些事情。”

“没关系，有了它，也能给贵财减轻工作负担嘛。”蒋谦修抬起头来，看向归璨，“对吧，贵财？”

归璨已经懒得纠正蒋谦修的发音了。他挤到吕暖暖跟前，认真地对她说：“这东西扫地没我扫得干净。”

这话一说出口，连归璨自己都觉得老脸一红。

他这可真是被蒋谦修气得失了智，居然幼稚到开始跟一台扫地机器人争风吃醋。

可蒋谦修当着他的面撩拨吕暖暖，这实在是让他危机感猛升。

不管怎么说，他都不能乖乖看着，坐以待毙。

“给你分担工作你还要挑毛病，你可真是事多。”吕暖暖从纸箱里拿出扫地机器人的充电器塞到归璨怀里，“去，给你的新‘同事’装好充电器，再和它好好培养一下感情。”

归璨看了看自己怀里的充电器，又自闭了。

他现在居然沦落到要和一台扫地机器人当同事，还要跟它培养感情。

刚才他还嘲笑蒋谦修逃不掉“哥哥”这个标签，现在看来，他比蒋谦修的状况好不到哪里去。

吕暖暖只把归璨当成是一个机器人。机器人就只是一个冰冷的机械，在她的心目中，他跟那个正在满地乱爬的扫地机器人、墙上挂着的电视和正在冒冷气的冰箱没什么区别。

谁会想和冰箱谈恋爱啊？图它夏天抱起来能凉快点儿吗？

哪怕不愿意，归璨也不得不承认，蒋谦修的优势要比自己大上很多。

想到这里，归璨的表情就有些失控了。

一分懊恼，两分无奈，三分愤怒，四分嫉妒，这些情绪混杂在一起，就成了十成的吃醋。

看来自己得想办法提升一下吕暖暖对自己的好感度才行。归璨想。

说来也巧，归璨沉思的时候，蒋谦修恰好抬起头，看到站在角落的归璨。

他看到归璨脸上那复杂的表情，不由得一愣。

吕暖暖察觉到蒋谦修的异样：“怎么了？”

蒋谦修摇了摇头：“没什么。”

听到有人说话，归璨立刻回过神来，恢复成了平日里的面无表情。

见状，蒋谦修心里还犯着嘀咕。他抬起眼角，下意识地偷瞥了归璨几眼。

刚才归璨脸上的表情实在是过于生动，简直就像是一个活生生的人。

表情是情绪的折射，可是机器人是不可能有情绪的。那为什么归璨会露出那样的表情？

第五章

摸摸我的头好吗

NAKEXINGXING
WENGUOWO

归璨一门心思地想提升吕暖暖对自己的好感度，但其实他自己也没有什么好办法。

异星球文明与地球文明完全不同，地球上的人情世故要比他想象的要复杂得多。他根本不知道该用什么手段去追求一个地球人。

不过归璨头脑活泛，很快就想到了一个学习追求吕暖暖的好办法。

电视剧里明明都有讲嘛！一口气看上它几十部，肯定能学到不少东西。

于是吕暖暖不在家的时候，归璨又多了一项新的目标任务：看电视剧。

吕暖暖一出门，他就把DVD塞进影碟机里，然后坐在沙发上开始认真地看剧。

奶茶也跑了过来，趴在他的膝盖上。自从归璨上次让它在半空中飘浮了一次，它对归璨的态度就有了一百八十度的大转变，开始变得黏他。

归璨一边撸着猫，一边聚精会神地看着电视。

剧中的男主角正不停地给女主角送东西，送戒指，送项链，送名表豪车。

归璨立刻顿悟，原来地球人一般是用送东西来表达自己的爱意的，怪不得蒋谦修每次来都带着东西。

归璨若有所思，又开始琢磨下一个问题：那自己该送什么给吕暖暖好？

这个问题似乎也不难。既然要送东西，那自然是要送好东西。在归璨看来，全地球上最好的东西莫过于好喝的奶茶。

每次吕暖暖回到家里都嚷嚷着自己肚子饿，如果在她上班的时候，去给她送一杯又好喝又顶饿的奶茶，她肯定深受感动。

归璨想到这里，立马站起身来，准备出门。奶茶似乎看透了他的想法，从归璨的膝盖上跳下，又蹦到了窗台上，“喵”了一声。

归璨这才注意到，外面正下着雨。

异星球和地球的大气环境很不同，从未下过雨。归璨是来到地球之后，才见识到这种天上滴水的奇观。

不过吕暖暖曾经教过他，遇到下雨天，只要撑一把伞就行了。

归瓈翻出了雨伞，出了门。

他在 24 小时营业的店里买好了奶茶，又来到了电台。

之前吕暖暖曾经带他来过自己的演播室。归瓈循着记忆，找到了吕暖暖所在的演播室。

助手像往常一样正埋头睡着大觉，吕暖暖则透过透明的隔音玻璃百无聊赖地望着窗外。

外面下雨了，可是她没有带伞。这个时间点，又是下雨天，也不知道能不能打到回家的车。

正在她犯愁的时候，演播室的门突然被推开了。归瓈走进门里，向她挥了挥手。

吕暖暖一愣，随即取下自己头上的耳麦，走了出去："你怎么来了？"

归瓈说："我是来给你送东西的。"

吕暖暖看到他手里的雨伞，湿漉漉的，还滴着雨水。

他是冒雨来给自己送伞的？吕暖暖想到这里，胸口突然涌起一股温热。哪怕他只是一个冷冰冰的机器人，却这么温柔体贴。

还没等她感动完，归瓈就把手里的奶茶塞给了她："我是来给你送奶茶的。"

他的语气害羞又忐忑，还眼巴巴地望着吕暖暖，期待着她的反应。

吕暖暖觉得莫名其妙，但还是把奶茶接了过来。

看到吕暖暖接过奶茶，归瓈心里顿时腾生出大功告成的激动。

他的嘴角动了动——他想笑，却又怕自己这一笑会露馅。一个没有感情的机器人要是突然笑起来那可就太诡异了。

所以，归璨只能转身就跑："那我就先回去了。"

吕暖暖看了看归璨远去的背影，又看了看自己手里的奶茶，突然意识到一个很重要的问题："归璨，你倒是给我伞啊！"

搞了半天，他根本就不是来给自己送伞的。突然塞给她一杯奶茶这到底算是什么嘛！

吕暖暖觉得又好气又好笑，机器人的思维果然不是她能理解的。

这时候节目也到了该结束的时候。吕暖暖结束工作之后，就只能站在电视台门口的屋檐下看着大雨发呆。

归璨却心情不错，甚至愉悦地哼起了小曲儿。

归璨在回家的路上撑着伞唱着歌。

吕暖暖在漏雨的屋檐下喝奶茶。

和吕暖暖预想的一样，这个时间段，又下着大雨，她根本打不到回家的车。

正在她发愁的时候，一辆车突然停在了她面前。

车门被打开，一个男人撑着伞向她走来。

是蒋谦修。他向吕暖暖笑了笑："刚刚我在想，这个天气，可能你会打不到回家的车，我就来接你了。看来我来得正是时候。"

吕暖暖显然没想到他会来："都这么晚了……"

"不晚。只要还能等到你，那就不算晚。"蒋谦修把雨伞举到吕暖暖的头顶，"来，上车吧。"

等到两个人都上了车，蒋谦修才发现吕暖暖手里的东西：“那是奶茶吗？”

提起奶茶，吕暖暖又来了气：“这个啊。这个是归璨刚刚给我送过来的。”

“贵财？他给你送了杯奶茶？”

“对啊。”

“那他可真体贴。”蒋谦修说，“夜里就是容易饿，我现在肚子还咕咕叫呢。”

吕暖暖问：“你想喝吗？”

蒋谦修点了点头。

吕暖暖刚想把奶茶递给他，又马上意识到什么，把手收了回来。

“不好意思啊，”吕暖暖不好意思地说，“刚刚我才想起来这杯已经被我喝了两口了。”

“是吗？”蒋谦修直接从她手里把那杯奶茶拿了过来，叼住吸管喝了一口，然后狡黠地笑了笑，“怪不得比平时更甜。”

吕暖暖没意识到这是撩拨：“喔，那正常。归璨喜欢甜食，他每次买奶茶都是买最甜的。”

面对这么不开窍的吕暖暖，蒋谦修也只能苦笑一下，发动了车子。

吕暖暖并没有察觉到异样，她还在埋怨归璨：“这个笨蛋机器人，不给我送伞，却给我送了一杯奶茶。真是莫名其妙。”

听到吕暖暖这么说，蒋谦修笑了：“大概是因为他的程序比较特别吧。贵财真的是我见过最厉害的机器人了。”

吕暖暖问：“哪里厉害？”

蒋谦修反问：“你注意过他的表情吗？”

吕暖暖回想了一下，点了点头。

在大多数情况下，归璨都面无表情，但相处得久了，她也见到过许多归璨的另一面。

笑着的他，惊恐的他，出了故障开始发疯的他……每一个他，都是那么生动而真实，和一个活生生的人没什么两样。

“人类的面部一共有 42 块表情肌，这些肌肉相互牵动，就构成了表情。微笑需要用到 4 块肌肉，皱眉需要用到 16 块肌肉，愤怒需要用到 24 块肌肉。当然啦，这些都只是最简单的变化。在现实生活中，情绪往往是交杂在一起的，反映在表情上就会有微妙的变化。所以说，想让机器人做出生动的表情是很困难的。”

蒋谦修顿了顿。

“可是老师做到了。贵财脸上的表情生动到足以以假乱真。其实最让我惊讶的不是贵财脸上的表情有多么逼真。表情是内心情绪的映射，贵财也许是能够根据不同的情景产生不同的情绪——当年我跟着老师学习的时候，老师就曾有过这么一个设想：如果能让机器人拥有和人类一样的情感，获得‘共情’的能力，那么在遇到棘手问题时，它们也许就能做出更符合人类期望的判断和反应。当然了，想要做到这一点并不容易，即便是老师这种天才努力了这么多年也没有成功。不过既然贵财出现了……我想，这也许是老师的一次大胆尝试。”

吕暖暖张大了嘴，一脸讶异："你是说，归璨他其实是拥有感情的？"

"这只是我的猜测，毕竟他身上让人惊讶的地方实在是太多了。"蒋谦修回答，"可是我也很担心，当年我和老师一起做过不下成百上千次实验，想制作出一个拥有感情的机器人。成果倒也不是没有，但没有一个是真正成功的。我们的那些试验品结局都很'惨烈'。"

吕暖暖有了不祥的预感："你说的'惨烈'是什么意思？"

"它们的主板到了最后全部烧掉了。"蒋谦修苦笑，"模拟情绪所用到的程序计算量实在是太大了，而且情绪越强烈，运算的数据就越大，主板被烧掉的概率也就越高。我们的那些试验品全都不堪重负，彻底坏掉了。"

听到这里，吕暖暖不由得一愣。

这时候，车子也开到了吕暖暖家楼下。

蒋谦修停稳车子："到了。"

人家大半夜冒雨送自己回家，吕暖暖实在觉得过意不去："既然来了，就上去坐坐喝杯茶吧。"

蒋谦修自然是巴不得有这种能接近吕暖暖的好机会："那我就恭敬不如从命了。"

吕暖暖带蒋谦修上楼，敲了敲门："归璨，开门！"

归璨回到家里好久了，正幻想着自己那杯奶茶已经起了作用。

也许她会很感动，回到家后会给自己一个大大的拥抱？

或者她会很感激，回到家后会温柔地摸摸自己的头？

又或者她直接爱上了自己这样体贴的男人，会给自己一个吻?

想到这里，归瓅都笑傻了。一直在他怀里蜷着的奶茶可能是觉得瘆得慌，直接一跃跑到了别处。

这时候，听到吕暖暖的声音，归瓅立刻站起身来，带着掩饰不住的笑意去开了门。

可是门一打开，归瓅的笑容就凝固在了脸上。

那个烦人的蒋谦修居然和吕暖暖站在一起，他还友好地向自己笑了笑："你好啊，贵财。"

你才叫贵财，你全家都叫贵财!

还没等归瓅生气，他就发现了另外一件让人窝火的事情。

蒋谦修抬起手来，举起一杯东西，然后一口含住了吸管。

那斯居然在喝他送给吕暖暖的那杯奶茶!

这算什么?两人共用一根吸管?间接接吻?

归瓅的表情变了变。幸亏他还留有理智，最后还是面无表情，可是心里的话还是不吐不快："那是我送给主人的奶茶。"

"啊，说起奶茶来……归瓅，谢谢你大老远给我送奶茶。"

听到吕暖暖这么说，归瓅的心情才略微缓和下来。

"可是下次，我还是希望你能给我送点儿我真正需要的东西，比如雨伞。"吕暖暖像往常一样开始教育他，"我又不需要奶茶!你给我送奶茶有什么用。我真正需要的是雨伞，雨伞明白吗?如果今天晚上不是谦修哥哥来接我，我就要冒雨走回家了。"

听到这话，归瓅犹如晴天霹雳。

之前他根本没有意识到，碰上下雨天，吕暖暖真正需要的东西是雨伞。

其实这也怨不得他，异星球上根本没有“下雨”这一说，他能记住吕暖暖之前的话意识到自己该带伞出门就不错了，哪还能想得那么周全，记得去给吕暖暖送伞?

他怎么就这么笨？直接让蒋谦修钻了空子!

归瓈想到这里又自闭了。他走到房间的角落，抱着自己的膝盖蜷缩成一团，像朵忧郁的蘑菇。

蒋谦修关上房门，附在吕暖暖耳边小声地说：“贵财他这是抑郁了吗？”

吕暖暖立刻想起蒋谦修刚刚说过的那句“情绪越强烈，运算的数据就越大，主板被烧掉的概率也就越高”。

这么说来，如果让归瓈太难过那还挺危险的。吕暖暖立刻跑到归瓈跟前去安慰他：“我给你买甜食吃好不好？奶茶、可乐、饼干、奶糖、巧克力，我都买给你。”

听到“甜食”两个字，归瓈总算来了点精神：“那我要你亲手喂我吃。”

吕暖暖看着他可怜巴巴的眼神，有些哭笑不得：“你这是在撒娇吗？”

“你就顺着他吧。”蒋谦修悄声对她说，“他的情感刚萌芽，幼稚是很正常的事。”

归瓈听不清蒋谦修在说什么，只听到模糊的一句“幼稚”：“我才不幼稚，也……也没有撒娇！”

试想一下，一个成年男人被贴上“幼稚”的标签，那他一定会被吕暖暖嘲笑的。

一旦被她看不起，那她爱上自己的概率就更小了。

“我当然知道，归璨一点儿都不幼稚。”吕暖暖连忙像哄小孩子一样开始哄他，“刚刚谦修哥哥说的是奶茶，这只猫太幼稚了！”

听到有人在叫自己的名字，一直窝在沙发上的奶茶跑了过来，站到归璨眼前。

“别难过啦。”吕暖暖伸出手来揉了揉归璨的头，“你的猫在看你呢。”

之前她和归璨约定过，奶茶是属于归璨的猫，他负责喂养，她负责撸。

归璨只是撇了撇嘴。

送走蒋谦修后，吕暖暖一屁股坐到沙发上，打开电视机开始追剧。

她轻轻抬了抬手，奶茶就顺从地跑了过来，用自己的头轻轻地磨蹭着她的手掌。

吕暖暖正看电视看得入神，一抬眼却看到归璨正坐在自己旁边直勾勾地看着自己。

他的表情很不开心。

原本他和吕暖暖相处得好好的，结果那个蒋谦修一出现就让他方寸大乱了。

平心而论，蒋谦修是个很不错的男人。他容貌上等、经济宽裕，还有着一份不错的事业。最重要的是，他比自己更了解地球上的规则。就像是今天晚上自己犯的那个愚蠢又低级的错误，他一辈子都不会犯。

那么如果和蒋谦修竞争，自己又有多少胜算？

想到这里，归璨不由得火大起来。他不止生蒋谦修的气，还生自己的气。

归璨发觉自己心里的那种酸溜溜的感觉越发强烈了。

吕暖暖看了看归璨："有事吗？"

正在气头上的归璨突然把吕暖暖怀里的奶茶拎走了。

"这是我的猫，不是你的。"

好吧，他就是幼稚，他连一只猫的醋都吃。

归璨干脆钻进了吕暖暖的怀里，取代了奶茶的位置。

"我才是你的。"他小声嘟囔着。

吕暖暖一愣，不由得失笑："你这是在撒娇吗？"

归璨看了看她。这一次他没有否认，而是认真地点了点头："对。"

他在吕暖暖的怀里蹭了蹭，枕在她的腿上，闭上了眼睛。

"所以，摸摸我的头好吗？"

吕暖暖是个说话算话的人，她答应过归璨要给他买好吃的，就真的准备带归璨出门。

不过，她很担心归璨的身体："你总吃那么多甜食真的没问题吗？”

归璨反问：“什么问题？”

但凡是个会喘气的生物，成天这么高频率地进食高糖高热量的食物肯定会胖成一头猪。幸亏归璨是个机器人，才会一点儿样子都没变……

等一下，归璨的脸是不是看起来比以前更圆润了一点儿?

吕暖暖眨了眨眼睛，又觉得自己这是出现了错觉。

一个机器人，怎么会变胖？肯定是她想多了。

想到这里，吕暖暖才放下心来：“走，我带你去喝奶茶。”

没想到归璨噘起了嘴：“我不想喝奶茶。”

吕暖暖觉得诧异：“你不是最喜欢喝奶茶的吗？”

他当然喜欢喝奶茶。但是昨天他送给吕暖暖的奶茶被吕暖暖转手就送给了蒋谦修，他实在是不甘心。

理所当然地，这份对蒋谦修的牢骚也被恨屋及乌地转移到了奶茶上：“我之前送给你的奶茶，你送给蒋谦修了。”

吕暖暖一愣：“你是不喜欢蒋谦修吗？”

归璨摇头：“不是。”

他不是不喜欢蒋谦修。

他只是不喜欢蒋谦修和她在一起。

看来吕暖暖之前说过的那句话一点都没错。原来喝奶茶时少了她，真的就没那么甜了。

可是吕暖暖偏要打破砂锅问到底：“那到底是为什么？”

归璨张了张嘴，到底没能说出话来。

他要时时刻刻谨记自己机器人的伪装身份。作为一个机器人，他是不能拥有情感的，更不可以产生嫉妒的情绪。心里这种酸溜溜的心情他不能坦白地告诉任何一个人，尤其是她。

想到这里，归璨干脆趴到沙发上，脸深深地陷进靠枕里，装起了死。

情绪越强烈，表情就越发难控制。他现在只能想到这一种能遮掩住自己表情的方法。

吕暖暖觉得莫名其妙："你怎么了？"

归璨的声音闷闷地从抱枕里传来："我死机了。"

情绪越强烈，运算的数据就越大，主板被烧掉的概率也就越高。吕暖暖突然想起了蒋谦修说过的这句话，不由得紧张起来："刚刚我说了哪句话刺激到你了吗？"

其实归璨分明就是吃醋吃得要死，但也只能嘴硬："没有。"

机器人是不会撒谎的。明白这一点，吕暖暖才略微放下心来，轻轻揉了揉归璨的头发。

归璨似乎特别喜欢她做这个动作。每次她这样做，他都会变得乖巧安分。

"那我们不去喝奶茶了好不好？"吕暖暖耐心哄他，"我们去吃小龙虾。"

和甜味一样，辣味也是极度能刺激味蕾的一种味道。热油和辣椒碰撞在一起，马上就会发出一种让人无法抗拒的特殊香气。

归璨乖乖地坐在吕暖暖的对面，他们正坐在一个室外的大排档里。归璨个子高，低矮的方桌和凳子让他有些不习惯，但对于美食的期待还是让他忍耐了下来。

他正嗅着空气中弥漫着的麻辣小龙虾的香气，一大盆红彤彤的小龙虾就被大排档老板端到了桌子上。吕暖暖教归璨戴好一次性塑料手套，开始教他怎么剥小龙虾。

“虾头是不能吃的，虾壳也是不能吃的。”吕暖暖聚精会神地一点点去掉虾壳和虾头，原本很大的一只小龙虾只留下了小小的一点虾肉，“剥好之后，这个虾肉就可以吃了。”

吕暖暖把剥好的那只虾喂到归璨嘴里：“好吃吗？”

又麻又辣的味道充盈在了唇齿之间，弹牙爽滑的口感更是让归璨眼前一亮。他忙不迭地点头：“好吃。”

“你喜欢吃就好。”吕暖暖嘿嘿一笑，“那你自己剥一只试试。”

即便看过示范，归璨也学得很艰难。他笨手笨脚地沾了一手的汁水也没能把虾壳剥下来。

归璨撇嘴：“剥虾好难。”

“对啊。”吕暖暖也感叹，“小龙虾好吃，但是剥虾壳太麻烦了——哎，你说蒋谦修这么厉害，发明了那么多智能家电，怎么没想到去发明一个自动剥虾机呢？这东西多有市场啊！”

话题不知道怎么就转移到了蒋谦修身上。归璨还没来得及表达自己的不满，就听到一个熟悉的声音响起：“你们是在说我吗？”

说曹操曹操到，来者还真是蒋谦修。

“谦修哥哥。”吕暖暖看起来很惊喜，连忙站了起来，“你怎么过来了？”

“巧合，这可能就是缘分。”蒋谦修道，“我刚刚想问题想得肚子有点儿饿，就想出来找点儿吃的……暖暖，你不介意我过来拼个桌吧？”

“当然。”吕暖暖挥着手招呼老板，“老板，麻烦加个凳子！”

归瓈被这个突然冒出来的不速之客气得够呛，白眼都翻到了天上。

凳子很快就被搬来了。吕暖暖吩咐老板多加了些饭菜，然后又让老板拿来两瓶啤酒：“谦修哥哥，你是开车过来的吗？”

“不是。”蒋谦修摇头，“路不远，我是走过来的。”

“那咱们得好好喝上一杯。”吕暖暖不由分说地就给蒋谦修倒了一杯啤酒，“小龙虾就该配啤酒嘛！我怕归瓈乱喝东西再出什么故障，一个人喝又没什么意思，既然你来了那一定要陪我喝一杯。”

然后，她又给归瓈倒了一杯果汁：“你喝这个。”

虽然归瓈很喜欢甜甜的果汁，但他还是偷偷对着果汁杯撇了嘴。

这简直就是小孩子的待遇。

“你可真够欺负人的。”蒋谦修笑了，“你明明知道我酒量不好，喝一点儿脸就会变红。”

吕暖暖也笑了：“我当然知道，你这酒量可真够差的。也不知道因为什么，哪怕就喝一小口，你的脸都能红得跟小龙虾似的……不用慌，这不是还有我嘛。你要是真喝醉了，我就把你拐到我家去。”

不知道是不是吕暖暖的这句玩笑话让蒋谦修有了联想，他的嘴唇还没沾到酒杯，脸就红了。

吕暖暖察觉到了："喂，你还没喝呢，怎么就开始脸红了？"

蒋谦修抬起头看了看她，一本正经地说："喝酒脸红是因为人体无法有效降解乙醛，导致血管舒张，就形成了脸红。"

蒋谦修是个理科生，遇到任何问题，他都喜欢用科学原理来解释。他对所有的理科学科都有所涉猎，还能用最简短的话解释清楚复杂的道理。

但是这次他解释完之后，却仍然没有住口。

"而我脸红，是因为你。"

归璨正喝着果汁，冷不丁听到这么一句露骨又肉麻的话，一时没有忍住，一口果汁悉数喷到了蒋谦修的脸上。

吕暖暖也被这句话吓得一愣，表情有些哭笑不得。

蒋谦修用纸巾擦干自己的脸。察觉到吕暖暖的尴尬，他故作轻松地说："吓到你了吧？这是我正在做的项目企划书里的一句话。我加班加到这么晚，就是为了这个项目。"

吕暖暖如释重负："什么项目？怎么还有这么奇怪的内容？"

"男友机器人。"

"男友机器人？"

"对，"蒋谦修解释，"这是公司在市场调研后决定开发的一个新项目。现在家用机器人已经很普及了，但是具有定向功能的家用机器人还算是一个空白，尤其现在单身女性这么多。如果能做出一个可以模拟男友的机器人，一定很有市场。”

吕聿怀开启了一个人工智能的新时代。在他的努力下，机器人的性能得到了质的提升，并且达到了可以量产投入市场的水准。现在许多普通家庭里都有机器人的存在，这些机器人可以帮人们做家务，甚至起到类似于宠物的陪伴作用。

但是这些量产出来的机器人远远没有在外观上达到以假乱真的程度。它们的外形还是冰冷的金属外壳，功能也极其有限——没办法，如果要将实验室里最高水准的高仿真机器人投入到流水线生产，成本实在是太高昂了。

但是蒋谦修就职的公司却有这样的野心。在市场调研之后，他们决定先做出一款“男友机器人”投入到市场上来试水。一方面，男友机器人市场需求量巨大，不愁销量。另一方面，男友机器人要求的性能也比较低——

只要小嘴像抹了蜜一样多说出点甜言蜜语哄女孩子开心，那客户需求就算是满足了。

要做到这一点甚至不需要在现有的硬件基础上做多少提升，只需要在软件上做出一套智能 AI 程序就可以。低投入，高回报，实在是一个非常高明的决定。

“设想一下，你的家里有一个帅气的机器人……不用设想了，贵财就是一个好例子。”蒋谦修指了指归璨，“在你的家里，有一个英俊帅气、温柔体贴的机器人，而且百分之百听从你的指令——想想都可怕，要是这种东西投放到市场上，我们这种单身大龄男青年就更没有市场了。”

听到蒋谦修这么说，归璨一直皱着的眉头舒展开来，甚至还有些沾沾自喜。

大概是因为觉得归璨是机器人，对自己构不成什么威胁，蒋谦修倒也没对归璨表现出什么排斥嫉妒的情绪：“暖暖，你一个女孩子，在面对贵财这么完美的对象时就没有沦陷的感觉吗？”

“沦陷……”

吕暖暖自言自语，看向了归璨。

归璨立刻正襟危坐，紧张得像一个正在等待老师宣读成绩的小学生。

没想到吕暖暖直接“扑哧”一下笑了出来：“不行不行，感觉太奇怪了。我实在没办法把归璨当成一个真正的男人来对待。”

归璨听到这话，眼睛变得黯然。

“看来我们这群搞科研的糙老爷们儿对女孩子的心思还是不够了解。这样吧，暖暖，你可不可以帮我个忙？”蒋谦修不愿意放过任何一个可以和吕暖暖多相处一会儿的好机会，“吃完饭可以请你去我们研究室看一下吗？我们很需要你这种适龄女用户的反馈意见。”

吕暖暖没有犹豫就答应了：“当然啦。既然是谦修哥哥你拜托我，我义不容辞。”

吕暖暖都这么说了，归璨自然没有拒绝的余地。

吃过饭，三个人来到蒋谦修所在的研究室。

时间已经很晚了，研究室里空无一人。

出乎吕暖暖意料的是，蒋谦修工作的地方像是一个乱糟糟的厂房。她原本以为像蒋谦修这样的科研人员平时应该穿着洁白干净的白大褂在科技感十足的办公室里办公的。

“没想到吧。”蒋谦修被她的反应逗笑了，“大家都觉得科研工作很高端大气上档次，但是搞研究嘛，就是得一点点地试验，一遍遍地调整，这些全都得我们亲手来做。工厂工人会的那些技术，我们也都会。如果让我去做个维修工什么的我也能胜任。”

他指了指一旁的衣架：“那是我们的工作服。”

衣架上悬挂着的不是什么洁白干净的白大褂，而是几件灰扑扑的蓝色工装服，上面还沾有尘土和油污。看起来完全就是汽修厂维修工人的工作服。

“衣服不怎么干净。干活嘛，难免会沾上点儿这个，蹭上点儿那个的。”蒋谦修说，“是不是和你想象中的很不一样？”

吕暖暖问：“爷爷平时也是这么工作的吗？”

虽然吕暖暖是由爷爷一手带大的，但是爷爷没带她去过他工作的地方。过去她总觉得是爷爷怕她捣乱，但现在想想，他可能是不想让她在这么脏乱的地方搞得灰头土脸。

毕竟爷爷从小到大都把她当成是小公主。

“对。”蒋谦修点头，“而且在老师年轻的时候，办公条件应该更差。”

蒋谦修说着，就上前走了几步。他随手指了指办公桌上的一本资料：“这就是项目的企划书。”

他说完就带着吕暖暖继续向前走去。归璨却不动声色地顿了脚步，拿起企划书飞快地翻了一遍。

企划书不算薄，但归璨一秒不到就翻过了。翻过之后，他又不动声色地将那本企划书放回原处。

蒋谦修指了指一台一动不动的机器人：“这就是我们现阶段的成果。”

那台机器人明显还只是一个半成品，只有冰冷的钢铁机械肢干，身上还没有贴好仿真皮肤。

蒋谦修摆弄了一阵，那个机器人就动了起来，并发出清脆悦耳的男声：“嘿，你好，美丽的女士，很高兴见到你。请问我可以更深地了解一下你吗？我想知道更多有关你的事情。”

“有点意思。”吕暖暖乐了，“这台词是谁想出来的，还挺不错的。”

蒋谦修看起来挺自豪：“是我想出来的。”

吕暖暖“嘿嘿”一笑，又问：“‘更深入地了解一下我’是什么意思？”

蒋谦修解释道：“这是信息交互功能。我做了一套程序，让这台机器人可以读取你手机里的信息，进而推测出你的喜好。比如它可以通过你的外卖记录推测出你的食物偏好，也可以通过你的听歌记录推测出你喜欢的歌星和音乐品位，还可以通过读取你的朋友圈了解你最近的工作和生活，然后它会根据这些信息自动生成与你生活相关的话题。这都是为了提升用户体验嘛。了解用户喜好，再投其所好，制造话题，这就是这款产品的核心卖点。你只要用蓝牙或者 Wi-Fi，就可以把它和自己的手机绑定到一起，他就能自动读取数据。怎么样，要不要体验一下？体验之后我会把你留下的数据删掉的，绝对保证你的隐私。”

吕暖暖对这个机器人产生了极大的兴趣：“当然要！”

她用手机连接到了机器人，没过几分钟，机器人就对数据读取完毕。

“嘿，吕暖暖小姐，很高兴认识你。”机器人说，“今天的你好漂亮，你今天发在朋友圈里的自拍很好看。”

看来这个机器人是读取到了吕暖暖今天发送的朋友圈自拍。果然有意思，吕暖暖被挑起了更大的兴趣，想要好好逗逗这个机器人，于是反问道：“我哪天发的朋友圈自拍不好看？”

机器人回答：“7 月 6 日。”

吕暖暖很无奈：“大哥，你要不要这么诚实啊？”

虽说大家都想要一个诚实的男朋友……算了，这样的男朋友不要也罢。

这个机器人也是不轻言放弃，再次尝试撩拨吕暖暖：“你最近在练习毛笔字吗？你果然是个很有内涵又有才气的女生呢！”

吕暖暖一愣：“啊？”

“你昨天在朋友圈里发了几支毛笔的图片。”

吕暖暖欲言又止：“那是我新买的化妆刷……”

机器人并不气馁，继续开口："你很喜欢小动物吗？真巧，我也喜欢。"

吕暖暖家里有只叫"奶茶"的猫，好像机器人是检测到了有关于奶茶的信息。这次总算是没有跑太偏，吕暖暖都替蒋谦修松了一口气："对。"

"你前天在朋友圈里说'人家也想拥有卧蚕'。卧蚕是一种什么动物？话说回来，喜欢虫类的女孩子还真不多见呢，不愧是你。"

吕暖暖有些无语，虽然我听出来你挖空心思没有放过任何一个夸赞我的机会，但为什么我这么想打人呢？

蒋谦修迫不及待地想知道用户的使用体验："暖暖，你觉得怎么样？有没有感觉到沦陷？有没有想花钱买它的冲动？"

吕暖暖如实回答："倒贴钱给我我都不想要。"

"为什么？"蒋谦修不解，"你觉得它不够'撩'吗？"

这已经不是撩不撩的问题了，这根本就是用力过猛。吕暖暖说："这不叫撩，这叫硬薅，能把人薅成秃子的那种薅。"

蒋谦修看起来挺犯愁。他挠了挠头："果然没我想的那么简单。看来还是得把艾布纳博士请来改进一下才行。"

眼看时间已经不早了，蒋谦修提议："我送你回家吧？"

"算啦，我有归璨陪着我呢，就不麻烦你了。"吕暖暖敲了敲那个机器人，"他可比这个机器人靠谱多了。"

蒋谦修只能作罢。

回去的路上，归瓈一直沉默不语，和平日里相比简直是老实得过了头。

从蒋谦修说完那句“而我脸红，是因为你”之后，他就再也没说过一个字。

吕暖暖察觉到他的异样：“归瓈，你怎么了，怎么不说话？”

归瓈张了张嘴，几度欲言又止：“蒋谦修撒谎了。他骗你……”

吕暖暖觉得奇怪：“他骗我什么了？”

“他……”

归瓈把剩下的话咽了回去。

蒋谦修对吕暖暖说：“喝酒脸红是因为人体无法有效降解乙醛，导致血管舒张，就形成了脸红。而我脸红，是因为你。”

蒋谦修说这句话是企划书里的台词。刚才归瓈偷偷看了蒋谦修的企划书，里面是有很多设计程序要用到情话，却唯独没有这一句。

这分明就是蒋谦修自己想对吕暖暖说的话。蒋谦修分明就是喜欢吕暖暖。

可即便是蒋谦修喜欢吕暖暖，自己又能怎么样呢？归瓈想着。

吕暖暖都说了——“不行不行，感觉太奇怪了。我实在没办法把归瓈当成一个真正的男人来对待。”

对啊，他在吕暖暖心目中只是一个机器人，这是他为了保障自己的人身安全才捏造出的谎言。

他和她的相遇原本就是从一场谎言开始的，他又有什么资格去对她的人生指手画脚？

这时候，归璨的身后有一个稚嫩的童声响起：“哥哥，哥哥，买朵花吧。”

归璨回过头，看到身后站着一个怀抱着一大桶玫瑰花的小女孩。

小女孩期待地向归璨眨巴着眼睛：“哥哥，哥哥，买朵花送给姐姐吧？”

到了晚上，这些卖花的小孩子就会盯上成双成对的青年男女，然后向男方推销玫瑰花。所以归璨和吕暖暖就成了她的目标。

“花……”归璨看了看她怀里的花，“这个是用来干什么的？”

异星球上也有植物，归璨自然认得花是什么东西。可是在异星球上并没有送花来表达爱情的习俗，归璨实在是搞不明白眼前这个小女孩为什么要向自己推销花。

卖花的小女孩有点傻眼。面前的这个大哥哥明明长得很帅，怎么却好像一副不怎么聪明的样子。

吕暖暖也怕归璨暴露身份，只好清了清嗓子，向他钩了钩手指。

归璨心领神会，歪了歪头把耳朵凑过去。

“这小姑娘应该是把咱们误会成情侣了。她卖的是玫瑰花。玫瑰花是用来送给自己喜欢的人的。”

归璨一副恍然大悟的表情。原来地球上还有这样的习俗。看来送花和送戒指、送项链一样，都是地球人表达爱意的一种方式。

他点了点头，认真地问吕暖暖：“那你可以送我一朵花吗？”

吕暖暖欲言又止——归璨这又是发什么神经？

“我想要。”归璨摆出一副万分期待的表情，“你给我买一朵嘛！”

“好好好，谁让我这么疼你。”吕暖暖受不了他小狗一般的无辜眼神，只好掏出钱包，“你去挑一朵吧。”

归璨欢天喜地地挑起了玫瑰花。那一大桶玫瑰花大多是盛开的，他却挑了一枝紧闭着的花骨朵。

卖花的小女孩忙着去找下一个客人了。

吕暖暖问归璨：“你怎么挑了朵没开的？”

归璨把那朵没开的玫瑰花举到吕暖暖跟前，然后笑了笑。

原本紧闭着的花骨朵突然裂开了，在一瞬间绽放成了绚烂的花朵。

吕暖暖怔了怔。她差点忘了归璨还有这个本事。

归璨才来到她家时，曾经出故障像喝醉了一样。那一次他就已经展现出了自己操控植物生长速度的本领。

“我没有钱买花送给你。”归璨的语气突然变得认真，“所以我只能送给你一次花开……希望你能喜欢。”

这是他无论如何都骗不了自己的，他对她的这份心悸，他对她的这份感情，就是货真价实的爱情。她对自己毫无感觉，可是自己却无药可救地爱上了她。

没错，他和她的相遇原本就是从一场谎言开始的，可是谁说在谎言之中就不能萌生爱情呢？

吕暖暖傻傻地看着他认真的表情，怔住了。

许久之后，吕暖暖才缓过神来。她拍了拍自己的胸口，像是松了一口气：“刚刚我差点儿忘记你是机器人了……你这个表情、这个语气实在是太犯规了，有那么一瞬间，我都以为自己要‘沦陷’了……”

她对着蒋谦修没有这种感觉，对刚刚的那个机器人也没有这种感觉。可每当面对归璨的时候，她总是没来由地心跳加速、面红耳赤。

也许“沦陷”就是这种感觉吧。

归璨抬起手来，轻抚着她的脸颊。

他的语气似乎是在央求：“那就陷进来吧。”

陷进来，爱上我，最好爱我爱得无法自拔。

就像我对你那样。

第六章

腹肌不见了

NAKEXINGXING
WENGUOWO

“吕暖暖。”

听到有人在叫自己的名字，吕暖暖立刻停下手里的工作，抬起头来。

来者有点儿让她出乎意料，居然是高澜。

“高……高经理？您怎么来了？”

高澜是电台广告部的业务经理，按照职务级别，她绝对算是吕暖暖的领导。

可惜她们之前的相处并不愉快。

想到这里，吕暖暖不由得有些紧张，害怕高澜来者不善。

吕暖暖一副慌乱的表情，高澜却面不改色，一副公事公办的口吻："我来找你，是想跟你谈一下《倾听心声》栏目的赞助问题。"

听到这里，吕暖暖更紧张了。电台的主要收入就是来自广告赞助，每个节目制作人员的绩效都是和赞助的多少挂钩的。节目的赞助商越多，赞助金额越大，工作人员的绩效和奖金也就越高。

可是节目赞助又是和收听率直接挂钩的。商人都很精明，他们赞助节目的本意并不是为了搞慈善，而是为了推销自家的产品或服务。既然要扩大自己的知名度，他们当然会选择收听率高的节目来赞助。

很不幸，吕暖暖主持的《倾听心声》每次都是收听率垫底。所以这档节目理所当然地成了赞助金额的垫底王。深夜档的节目根本拉不到赞助，就连仅有的几个插播广告都是和热门节目捆绑销售捆来的。

更要命的是，台里每个月都会对赞助金额进行公示通报。想也不用想，倒数第一肯定非吕暖暖莫属。

看来高澜是来兴师问罪的。

看到吕暖暖哭丧着脸，高澜反倒笑了："怎么，你就这么不想看见我？"

吕暖暖听了连忙摆手否认："不是不是不是……"

"你那么紧张干什么？我又不会吃了你。"高澜一笑，表情柔和了许多，"我来找你是想告诉你一声，台里每个月会对各档栏目拉到的赞助金额做一个公示，然后对最后一名通报批评。原本这个月垫底的人是你，不过开高层会议的时候我提议，你接手节目的时间太短，而且拉不到赞助的主要原因还是因为《倾听心声》这档节目的时间段特殊。所以各位领导一致同意，免除你这个月的批评通报。”

吕暖暖听到之后，松了一大口气。在全台范围内被通报批评那可不是一般的丢脸，她可丢不起这个人。

不对，高澜为什么要替自己求情？

这个念头才在吕暖暖脑海里闪过，高澜就已经看穿了她的想法：“其实……其实我很早之前就想来找你聊聊了。上次的事，对不起。之前我听说你对江贺然有超越同事和朋友的想法，一时没忍住就吃了醋，还在订婚宴上对你说了许多过分的话……我向你道歉。”

高澜说着，竟然弯腰向吕暖暖鞠了一躬。

“我不光要向你道歉，更要感谢你和你的男朋友。要不是他，我还会被江贺然那个王八蛋骗得团团转，替他填赌债的无底洞。我真的不知道该怎么感谢你。”

“你这话说得真是严重了。”吕暖暖连忙摆手，“我才要谢谢你呢。要不是你替我求情，我这个月就要被通报批评了。”

高澜叹了口气：“我顶多也就能帮你挡这一次，下个月如果你节目的收听率要还是没有起色，我求情也没办法。高层的那群老古董可是很固执又不讲理的。说起来很惭愧，我能替你做的也就只有这么多——喏，打开看看。”

高澜把一份文件递给吕暖暖。吕暖暖接过来大致翻阅了一下，发现那是一份申请报告："节目改版申请报告？"

"对。节目的播出时段没有办法改变，那咱们只能在节目内容上想办法了。我特意听了几次你的节目，发现根本没有听众打电话来跟你互动。即便是有电话打进来，节目也不会有什么意思——我觉得这个节目在策划的时候就出了问题，根本没有卖点嘛！所以我就擅作主张先替你给台里打了报告，如果你想赌一把的话，可以按照自己的想法重新对节目进行改版。当然了，如果你想维持原状，也可以当作没看见过这个东西，要不要改变，决定权在于你。"

"要改，当然要改！"吕暖暖的眼神熠熠地发着光，"高经理，我真是不知道该怎么谢谢你了。之前我就向台里打过报告，可是台里没有批准。你这次真是帮了我大忙了！"

吕暖暖当然想改变自己的现状，也为此做出过不少的努力。没错，她是不缺钱，爷爷给她留下的财产足够她吃上几辈子。可那是爷爷给她的，电台主持人才是她钟爱的事业。她想通过自己的努力来获得大家的认可。

她和高澜的想法不谋而合，都是想通过改版节目来提高收听率，但她毕竟只是一个工作没两年的年轻主持人，人微言轻，高层根本没人理会她的建议。

高澜帮她的这一把，真是让她又惊又喜。她原以为经历了上次的不愉快，高澜会记恨她。没想到这位台长千金爱憎分明，不光没有恨屋及乌，还想得这么周到。

"那可太好了。能帮到你，也不枉我折腾了这么些日子。想说服那群老古董可真不是件容易的事。我也就只能帮你到这里了，接下来就要靠你自己了。但凡你的收听率能够稍微上去那么一点儿，我也能有理由在那群老古董面前替你开脱。”高澜也笑了，“不过我倒是有个小建议。吕暖暖，我听说你的爷爷是大名鼎鼎的吕聿怀博士？”

吕暖暖点了点头。

“这就是你的优势嘛！”高澜冲她眨了眨眼睛，“既然你的爷爷是吕聿怀博士，那你一定认识很多人工智能领域的科研大拿吧？人工智能的话题现在热度很高，你完全可以用这个话题来给你的节目引流嘛！不说别的，之前隔壁电视台请了一个年轻的科研人员来做了几期节目，收视率升得那叫一个快。他们也真会挑嘉宾，挑了个学术强、年纪轻还颜值高的帅哥过来，节目一播出就吸引了一大批的女粉丝。那个人叫什么来着？好像叫……蒋谦修。”

吕暖暖一愣，随即笑了：“我知道该怎么办了。”

要是换成别人，她未必请得动。可她和蒋谦修情同兄妹，熟得不能再熟。

哥哥为了妹妹的事业牺牲一下色相，天经地义，义不容辞！

第二天就是周末。难得的休息日，吕暖暖却起了个大早，开始在衣柜里翻合适的衣服准备出门。

家里除了她就只有归璨和奶茶了，所以她在家里十分随意，怎么凉快怎么来。归璨进门的时候，她的上身就只穿了一件内衣。

归璨直接愣在原地，随即满脸通红，退了出去。

他不是不想看……只是他实在没办法忍住不脸红。要是让吕暖暖看到他这副脸红的样子，一定会起疑心。

吕暖暖往归璨的方向看了一眼："你怎么走了？过来帮我看看这两件衣服哪件好看。"

她两手各举起一件衣服："你觉得这两件哪件更好看？"

她浑身清凉，谁还有心情看她手里的衣服啊？

归璨只感觉一股热流涌上了头，再这么看下去他非得流鼻血不可。于是，他飞快撤退到沙发上，把脸埋进了靠枕里。

他实在是想不到其他可以掩饰自己脸红的方法。

吕暖暖觉得奇怪，也跟了上去："归璨，你怎么了？"

归璨的声音从靠枕里闷闷地传出来："我死机了。"

最近他经常用这个借口。他察觉到自己情绪失控的频率越来越高。

世界上有三种事情隐藏不了，喷嚏、贫穷和爱情。随着他对吕暖暖喜欢程度的不断加深，原本可以控制的情绪变得越发强烈。

听到归璨这么说，吕暖暖一下子就变得紧张起来："你最近经常死机哎。"

归璨把怀里的靠枕抱得更紧了："嗯。"

"你是不是哪里坏掉了？"吕暖暖干脆丢了自己手里的衣服，"起来，给我看看！"吕暖暖说着，扯掉了归璨怀里的抱枕，还要扒他的衣服，"怎么才能打开你的内部？机器人应该都有一个可以打开的地方吧？在哪里？肚子上吗？”

归璨一愣，然后手忙脚乱地拽住自己的衣服：“我没事的，不用看！”

“这怎么行？”吕暖暖的语气着急得不得了，“得了病不治，小病就会拖成大病。机器人也是一样的，小故障不修迟早会变成大问题的！”

归璨本来在拼命抵抗，眼睛却不小心瞥到了吕暖暖的内衣。包裹不住的白色肌肤离自己只有咫尺，归璨有一瞬间的走神，吕暖暖就跨坐到了他的大腿上，拽开了他的衣服。

看到归璨的肚子之后，吕暖暖张了张嘴：“归璨，你的腹肌呢？”

归璨没反应过来：“什么腹肌？”

“就是腹肌啊，原本这里有八块腹肌，手感超棒、超级性感的八块腹肌！”吕暖暖把手放在归璨的肚子上，“怎么现在好像不怎么明显了？就好像你变胖了一样！”

虽然那几块腹肌不至于完全消失，但和以前截然不同。

归璨一愣，随即反应过来，心说不好。

地球上的食物实在是太好吃了，他每天不是喝奶茶就是吃小龙虾，保持着高盐高糖高油脂的摄入习惯，热量自然是早就爆了表。不得不说异星人的体质的确不错，这要换成是个地球人，身材早就走样到不行了。

“不应该啊。”吕暖暖摸了摸归璨隐隐现出的小肚腩，“机器人难道会变胖？”

归瓅佯装淡定：“你记错了。我的肚子本来就这样。”

“是吗？”吕暖暖原本就不确定自己有没有记错，被归瓅这么一说更是不敢确信，“难道我真记错了？可是我怎么记得原来的你腹肌摸起来手感很好？”

归瓅沉吸一口气：“要不你再摸一下，现在的手感也很好。”

吕暖暖将信将疑，把自己的手放到归瓅的肚子上：“好像是真的哎，手感真的很不错。”

归瓅的那几块腹肌原本就没有彻底消失，再加上新长出来的脂肪，手感只能是更加柔软。摸起来手感的确挺好。

归瓅却有点招架不住了：“你不是要出门吗？”

这句话提醒了吕暖暖。

“对哦，我还要去找谦修哥哥。”

一听到蒋谦修的名字，归瓅的表情又起了微妙的变化。

吕暖暖浑然不觉。她站起身来，又拿起刚刚被她丢在沙发上的那两件衣服，重新举到归瓅眼前：“你觉得这两件哪件更好看？”

原来她这么用心打扮是为了他。

归瓅张了张嘴：“我不知道……”

她穿哪一件衣服都很漂亮，她哪个样子他都不舍得让那个男人看到。

“爷爷没给你安装审美的程序吗？”吕暖暖反应过来，“原来你一直不知道我是漂亮还是丑啊。”

归瓅盯着她看了许久：“不是的。”

他当然知道她有多漂亮。就是因为如此漂亮，她的一颦一笑才会牵动他的喜怒哀乐，才会让他越来越无法控制自己的情绪。

吕暖暖很快就换好衣服出了门，家里又只剩下归璨和奶茶一人一猫。

房门一被关上，归璨就一改自己一直以来努力维持的面无表情，流露出了真实的情绪。

现在他的脸上，是疲惫又悲伤的表情。

他露出的破绽越来越多。就像是今天，吕暖暖已经察觉到了他体态上的变化。

这不是最可怕的。最可怕的是，他发觉自己越来越不能控制好自己的情绪。

没办法，他实在是太在乎她了。他会为她高兴，为她难过，为她争风吃醋。

没办法，他喜欢她啊。即使他闭上嘴巴，佯装面无表情，喜欢还是会从眼神里偷偷跑出来。

这样下去，他的真实身份迟早会被揭穿的。

他不由得叹息一声。

如果真的到了身份暴露的那天，吕暖暖又会用什么样的眼神来看他？

吕暖暖来到蒋谦修所在的研究室。

蒋谦修正穿着他那身蓝色的维修工似的制服，在和一个外国人讨论着什么。

看到蒋谦修的身影，吕暖暖高兴地挥了挥手：“谦修哥哥！”

蒋谦修闻声回头，也很惊喜：“暖暖，你怎么来这里了？”

“我有件事想请你帮忙。”吕暖暖看了一眼蒋谦修对面的外国人，“不过你好像正在忙？”

听到吕暖暖这么说，蒋谦修立刻向吕暖暖介绍起了自己身旁的这位老人：“介绍一下，这位是艾布纳博士。当年我在国外跟老师学习了一段时间之后，就又到了艾布纳博士的麾下继续学习。艾布纳博士和吕老师一样，都是我的恩师。这次公司派我研发‘男友机器人’，我在技术上遇到些难题，就特意把艾布纳博士请来了。说起来，艾布纳博士和吕老师还是故交呢。”

吕暖暖点了点头，微笑着打招呼：“艾布纳博士，您好。”

艾布纳博士和自己的爷爷吕聿怀一样，都是人工智能领域的泰斗。爷爷这个人不好社交，却很钦佩有本事的人。哪怕艾布纳的名气并不如爷爷的大，研究成果也没爷爷的多，但爷爷还是多次特意漂洋过海到艾布纳府上登门拜访，只为了和对方讨论学术上的问题。

蒋谦修又用英语向艾布纳介绍：“这位是吕聿怀博士的孙女，也是我从小到大的玩伴，吕暖暖。”

听到“吕聿怀”的名字，艾布纳表情就变了。他立刻向吕暖暖伸出手，用生硬的中文说：“暖暖，你好，我是你爷爷的好朋友。”

吕暖暖握住了他的手：“爷爷他经常向我提起您。他说您是一名很伟大的学者。”

“伟大？不。”艾布纳摇了摇头，“吕才是真正伟大的学者，但他竟然去世了。暖暖，我很难过。吕是一个真正的天才，他的离开，是整个科研界的损失。我曾经把他当作是自己的目标，想要超越他，但他根本无法被超越。”

艾布纳说着，眼角就有些泛红。

蒋谦修连忙将他搀扶到休息室：“艾布纳博士，您年纪大了，情绪不宜有太多的波动。您先在这里休息一下吧。”

安顿好艾布纳，蒋谦修又来到吕暖暖跟前：“暖暖，你找我有什么事？”

吕暖暖把高澜给自己提出的建议原原本本地告诉了蒋谦修。她开始撒娇：“谦修哥哥，你这次一定要帮我。”

“那是当然。”蒋谦修笑了，“你在困难的时候能向我寻求帮助，我很高兴，这说明我在你心里是个可以依靠的男人。你想让我在节目里说些什么？”

“这个……具体的我还没想好。”吕暖暖不好意思地向他吐了吐舌头，“我跟你和爷爷不一样，对人工智能一点儿都不了解。”

从小她就经常怀疑自己到底是不是爷爷亲生的孙女。吕聿怀是个理科天才，最擅长的就是处理各种复杂的数据，而她却对和数字有关的一切一窍不通。和她的天才爷爷相比，她简直是笨得令人发指。

她作为吕聿怀的孙女，从小就被外界所关注，学校甚至会推选她去参加数学和物理学科的奥林匹克竞赛考试。可想而知，和蒋谦修这样真正的聪明孩子一起参加这种高难度的考试，她只能是垫底。

所以，她一直以来都对爷爷的事业有所抵触，不愿了解，也不敢了解。她怕大家看出她没有爷爷那么聪明，就会嘲笑她、鄙视她。即使她的爷爷是这个领域的领军人物，她也对人工智能一窍不通。

“没关系。”蒋谦修带她来到了自己的办公室，又替她倒了一杯热茶，“只要你想知道，我都可以慢慢给你讲解。”

吕暖暖从自己包里拿出一个笔记本：“其实我在来之前也做了准备，我看了你之前在电视台录制的那期节目，也看了网站上观众的留言讨论。我发现，现在大家最关注的，还是你现在正在着手研究的那个‘男友机器人’的项目。我就从我自己的角度想了几个问题。”

蒋谦修点头：“请问。”

吕暖暖清了清嗓子：“请问，‘男友机器人’的最终成品仿真度高吗？”

“几乎可以以假乱真。”蒋谦修十指叠扣在一起，认真地开始向吕暖暖讲解，“在外观方面，我们会采用可以模拟真实皮肤触感的硅胶，并且使用现在最先进的开模技术，这样就能保证我们的机器人在外观上最大限度地和真实人体相似。但你说的‘仿真度’并不单单指的是外貌相似。让机器人‘像人’，最难的不是要把它的外观做得如何，而是要让它的行为和人类相同。不说别的，就说表情吧，我们很难做到让机器人做出和人类一模一样的表情，原因我之前也和你讨论过。面部肌肉的运动和组合，其实是一个很复杂的过程。这也是我们正在攻克的难关之一。”

吕暖暖点了点头：“那成品机器人的性格是可以按照用户的喜好自主选择的吗？”

蒋谦修回答：“是的。按照我们的计划，这款机器人会被设计成拥有多种性格可供用户选择。它可以阳光开朗，也可以高冷傲娇，或者是你喜欢的任何其他样子。我们正在编写相应的程序，为此我们还特意高薪聘请了艾布纳博士来做我们的技术顾问。艾布纳博士和吕聿怀博士一样，同样是人工智能领域的权威。希望在他的帮助下，我们的机器人能够做出让用户满意的表现。”

“还有一个问题。”吕暖暖把自己的笔记本掀过一页，“机器人真的会爱上人类吗？”

蒋谦修听到这个问题后笑了笑：“这是个很浪漫的问题。人类的爱情，本质上主要是由五种激素互相作用的结果：多巴胺、去甲肾上腺素、内啡肽、苯基乙胺、脑下垂体后叶荷尔蒙。这些激素能够影响人体的感受和心情，催生出对异性的渴望，而这就是爱情的起点。相比较于这套由大自然设计出的复杂的反应体系，机器人的反应系统就要简单很多。它们的体内没有复杂多变的内分泌系统，它们所有的情感和情绪，都来自提前设计好的程序。机器人会不会爱上人类？答案是肯定的。它们会按照提前预设好的程序运行。一旦触发了某个特殊条件，它们就会无可救药地爱上某个人。”

听到这里，原本正拿着笔在笔记本上记录个不停的吕暖暖突然顿了顿：“机器人会爱上人类？”

蒋谦修点头：“对啊。但这套程序编写起来十分复杂，运算量也十分庞大。萌生爱情之后会产生许多复杂的情感，快乐和痛苦并存，甜蜜和酸涩共生。如果把这个过程量化成程序，那么在这么大量的运算过程中很有可能会出现烧坏主板的风险，这个问题我在之前也和你讨论过——你怎么了？表情怎么怪怪的？”

“我……”吕暖暖变得有些结巴，“我想起了归璨。”

蒋谦修“嗯”了一声：“贵财？他怎么了？”

吕暖暖认真组织了一下措辞：“他最近很奇怪。”

蒋谦修好奇：“怎么个奇怪法？”

“他最近老是说一些奇怪的话，做一些奇怪的举动。”吕暖暖叹气，“他最近老是向我撒娇，还说了很多莫名其妙的话……”

蒋谦修问：“他说了什么？”

吕暖暖立刻想起了那天晚上，归璨用几乎央求的语气对她说：“那就陷进来吧。”

那个时候，她才庆幸自己及时清醒，记起了归璨是个冷冰冰的机器人，没有真正地深陷其中。归璨却又对她说出了那样的话。

他掌心微凉的触感似乎还停留在自己的脸颊上。吕暖暖记得很清楚，那个时候，她的脸红到发烫。

他的语气、他的表情、他的眼神，全都认真到让人害怕。那一瞬间，她都要误以为归璨爱上自己了。

她原以为自己想多了，可是按照蒋谦修的说法，这个可能性并不是没有。

而且最近，归璨死机的频率越来越高。那这是不是恰恰说明了他爱上了自己，所以硬件才无法承载负荷这份强烈的感情，才会让他一次次故障死机？

想到这里，吕暖暖有些心烦意乱："谦修哥哥，我知道这么说可能很奇怪……但是我觉得，归璨他可能是喜欢上我了。"

蒋谦修露出一副哭笑不得的表情。

"我不知道自己推测得对不对……我现在很怕。归璨要是真的因为喜欢我坏掉了怎么办？"吕暖暖变得语无伦次，"万一他真的喜欢我，万一他真的因为我彻底坏掉了怎么办？谦修哥哥，我不能眼睁睁地看着他的主板被彻底烧坏啊。"

对于一个机器人来说，主板损坏意味着彻底地死亡。

蒋谦修安慰她："别害怕，这只是你的推测不是吗？你先冷静一下。"

吕暖暖觉得自己快要哭出来了："我没办法冷静，我……"她实在是太在乎他了。

"别害怕，有我在呢，不会出事的。"蒋谦修站起身来，拍了拍吕暖暖的肩膀，"我们首先要验证一下你的推测是不是正确。"

吕暖暖问："怎么验证？"

蒋谦修转身走到档案柜前找了一阵，从里面抽出一份文件："这个给你。"

吕暖暖接到手里，问："这是什么？"

"测试问卷。"蒋谦修解释道，"之前我们为了验证'男友机器人'

的性能，做出了这份问卷。你把它拿回家里，然后问贵财上面的问题，他到底喜欢不喜欢你就水落石出了。”

吕暖暖一脸懊恼：“真是的，从小到大都没什么男人喜欢我，好不容易遇到一个，居然还是个机器人。”

蒋谦修反问：“你确定从小到大都没有男人喜欢你吗？”

吕暖暖不甘示弱：“除了归瓈，谁的眼光能这么差？”

蒋谦修无奈地笑了。他轻轻地摇了摇头，没有说话。

他明示暗示了那么多，为什么她总是察觉不到呢？

现在的吕暖暖却在担忧另一个“男人”：“如果归瓈要是真的喜欢我……那我该怎么办？”

“我都说了，你身边还有我呢，不用担心。”蒋谦修宽慰她，“机器人的感情说白了只是一段程序，如果他真的喜欢你，我可以帮他删除这段程序。别说是让他不再喜欢你，就是让他彻底忘了你也不是不可以。”

吕暖暖如释重负，眉头终于舒展开了：“那就好。”

在她的心目中，归瓈对她的喜欢是偏差，是故障，是必须被修正的错误。

归瓈在她心里从来都不是个普普通通的机器人。他是爷爷留给她最后的礼物，所以从一开始，她就对归瓈有着特殊的感情。

随着和归瓈相处的时光越来越久，这份感情也慢慢地变化成了别的东西。归瓈是那么特别，她既要照顾他，也被他照顾。爷爷去世之后，这是她第一次有和家人互相依赖的感觉。

归璨对她来说是宠物，是朋友，更是家人。如果归璨真的喜欢上了她，她会毫不犹豫地拜托蒋谦修把这段程序删掉。这不是因为她不喜欢归璨，而恰恰是因为她太喜欢他了。

毕竟归璨于她而言，是最珍贵的宝物。

第七章

我和你，毕竟是不一样的“人”

NAKEXINGXING
WENGUOWO

吕暖暖回到家的时候，归瓈正趴在沙发上逗猫。

看到吕暖暖风风火火地跑回来，归瓈有些惊讶：“发生了什么事吗，你怎么跑得上气不接下气的？”

吕暖暖大口喘着气，指了指不远处的餐桌餐椅：“归瓈，你坐到那边去。”

归瓈向来听她的话。吕暖暖下了指令，他就放开了奶茶，乖乖地坐在了椅子上。

吕暖暖也坐到他对面：“我要给你做一套测试。归瓈，你一定要如实回答我，明白吗？”

归璨虽然觉得蹊跷，但还是按捺住了自己的好奇心，听话地点了点头："明白了。"

吕暖暖从自己的包包里拿出了蒋谦修给她的那份试卷和一支圆珠笔，开始向归璨介绍规则："所有的问题，你只要用'是'或者'不是'来回答就可以了——第一个问题：当我出现在你身边的时候，你会很在意我吗？"

归璨诚实作答："是。"

吕暖暖又问："你希望我陪伴在你身边吗？"

归璨再次点头："是。"

"当你和我聊天时，你会很在意我说的话吗？"

"是。"

"当你空闲下来的时候，你会一直回想自己对我说过的话吗？"

"是。"

"当你和我一起散步的时候，你会刻意放慢脚步吗？"

"是。"

"当你意识到我在看你的时候，你会变得紧张吗？"

"是。"

一连串的肯定回答让吕暖暖冒出了冷汗，结论似乎正向着她最不愿意看到的那个情况靠近。

"下一题。"吕暖暖紧张地清了清嗓子，"你会不停地想我吗？"

越来越露骨的问题和吕暖暖紧张的神态让归璨逐渐猜到了她的意图。这让归璨的神情变得有些阴沉。

看来吕暖暖已经察觉到了他的反常，也察觉到了他对她的喜欢，才会拿这么一套鬼测试题来试探他。

可是为什么她会是这么一种反应？她是在害怕，还是在不满？现在的吕暖暖手足无措，说话结巴，一副紧张至极的表情，全身上下都写着“抗拒”这两个字。

在她眼里，自己就那么不堪吗？如果让她知道了真正的答案，她又会怎么处置自己？

归璨闭上眼睛，继续开口：“是。”

他当然可以选择撒谎，只要他把自己内心的想法遮掩起来，就像他以前一直做的那样，他就能轻松躲过这劫。

可是一直以来压抑的情绪到底是爆发了。他明知道现如今撒谎才是最好的选择，却还是拗不过胸口的这口气，说出了自己内心最真实的想法。

吕暖暖的声音都变得有些发抖了：“你产生过想要亲吻我的想法吗？”

归璨睁开眼睛，开始换上认真的表情：“是。”

“以上我说的那些情绪……”吕暖暖试探着问归璨，“你在面对别人的时候也产生过吗？”

归璨突然咧了咧嘴，露出了笑容，但那笑容却满含讥诮。

这还是他第一次在她面前直白地展露出自己真实的情绪：“主人，能摆出这么一副表情，不就说明你已经猜到我的答案了吗？还是说，你想让我亲口对你说出来？既然你想听——不是，这些感觉，我只对你产生过。”

吕暖暖没料到归璨会是这个反应。他像是突然之间就变了一个人，让她无端地感到害怕。

她站了起来，归璨也起了身。

“你觉得这个回答还不够精彩吗？那好，我可以告诉你更多。”归璨慢慢地走向她，她却因为害怕而不断后退。

“我曾经幻想过很多事，我想牵你的手，我想亲吻你的脸颊，我想紧紧地拥抱你。我想为你送花，为你唱歌，为你写情诗，我想为你做遍地球上所有俗气的事情。我会为了你吃醋，我会嫉妒蒋谦修，只因为他和你多说了几句话。我还曾经因为你而对未来萌生出期待，盼望着第二天的到来。因为有你，明天开始变得生动而具体。”

已经无处可退了，吕暖暖感觉到自己的脊背已经触碰到了墙壁。冷硬的触感隔着衣服透到肌肤，让她恐惧的情绪被再次放大。

归璨看到吕暖暖的表情，心里腾起异样的情绪。

他快控制不了自己了。

归璨猛地抬起双手，按在吕暖暖耳侧的墙壁上。

之前他就对吕暖暖做出过这样的动作，但那次只是不明就里的模仿，这次是实实在在地被自己内心强烈的情绪所操控。

他终于读懂了这个动作的含义。这个动作，代表着强烈的占有欲，代表着他不想把她让给任何一个人。

她也许永远都不会明白自己的感受。他从异星球被迫降落到一个完全陌生的环境，心中满是恐惧。万般绝望之中，是她让他对未来燃起了期待。

他是那么真诚而热烈地爱慕着她，她却只把他的爱当作是负担。

想到这里，归瑧不由得苦笑一声：“我知道爱上你是件又傻又蠢的事情。我曾经用我所有的意志力来抵抗它，却一败涂地。如果你想听的是这个答案的话——是的，吕暖暖，我爱你。”

他不能自已地低下头，嘴唇离她越来越近。

喜欢一个人，就会情不自禁地想要碰触她，得到她，占有她。这是一种足以把人淹没的汹涌情绪。

吕暖暖却推了他一把，声音都发着颤：“归瑧，我要带你去删除这段错误的数据！谦修哥哥说他可以帮咱们的！”

归瑧愣了愣，他没想到吕暖暖会直接把自己推开：“在你看来，我的‘喜欢’是一个必须被修正的错误吗？还是说我对你的喜欢让你感到厌恶和恐惧？”

“你在说什么傻话？再这样下去你的主板会被完全烧掉的啊！”吕暖暖急了，“归瑧，你可是机器人！”

归瑧的胸膛在微微起伏着，似乎是在极力压抑着自己的情绪。

“是啊。”他自嘲地笑了笑，放下那只困住吕暖暖的手，“我和你，毕竟是不一样的‘人’。”

蒋谦修出现在广播电台的时候引起了不小的轰动。

吕暖暖和蒋谦修自幼一起长大，彼此之间熟得不能再熟。只要她拿起手机，打一通电话，发一条语音，编一条短信，他就会迅速地回应她。在吕暖暖看来再普通不过的事情，换成是别人竟是一种奢求。

蒋谦修的知名度要比她想象的高得多。在这个信息能够被大规模传播的时代，一个年轻的天才科学家是很容易被大众记住的，何况蒋谦修还长了那么一张招人喜欢的脸。

吕暖暖之前还怕在录制节目的时候没人来捧场、接不到互动热线，特意请了高澜拜托她在别的节目里插播《倾听心声》的广告，并预告今晚的这期节目请来了蒋谦修做嘉宾。

广告的效果很好，甚至是好到过了头。吕暖暖怎么都想不到，科研界的人物居然也会有粉丝。虽然《倾听心声》的正式播出时间是在凌晨两点，可是还没等天彻底黑透，电台门口就已经围了不少人。

吕暖暖顺着楼上的落地窗向下望去，就被楼下黑压压的人头吓到了。她拿出手机，给蒋谦修发了条微信语音：“你到哪里了？该不会被堵在门口了吧？下面的人可真多，还有写着你名字的灯牌……这也太夸张了吧？这分明就是在追星嘛！”

蒋谦修很快给她回了一条语音：“我怎么可能会被他们堵到，我早就从后面偷偷溜进来了。”

还没等吕暖暖问蒋谦修到哪里了，蒋谦修就又发了条语音消息过来：“不过这么大的阵势的确是会给人带来困扰，所以我都尽量不把自己的行程公布给大众，也不怎么愿意接受媒体的采访。上一次是因为公司想让我提高一下企业的知名度，给自家产品打个广告，我才不得已出面的。”

吕暖暖后知后觉：“啊？那我这次请你上节目岂不是给你添了个大麻烦……”

听蒋谦修的声音，他似乎是在偷笑：“对啊。”

吕暖暖和他有几十年的交情，自然不会跟他客气：“你这么说，是想让我心存愧疚？按照以前，你肯定会对我说：‘没关系，既然暖暖拜托我，这个忙我当然要帮。’”

吕暖暖压低嗓音学着蒋谦修的语气，简直惟妙惟肖，蒋谦修直接被她逗乐了：“你学得倒还真像。”

吕暖暖最受不了的就是别人夸奖她。但凡有人夸她，她的尾巴就能翘到天上去。

“那是。”

“不过你说得没错。”蒋谦修的语气突然变得严肃起来，“我就是想让你愧疚。”

吕暖暖的笑容瞬间凝固在脸上。正在她发愣的时候，蒋谦修的语音又发了过来：“暖暖，我不想再在背后默默支持你、帮助你了。以前我觉得，只要你高兴，我在背地里付出多少都没事，哪怕你看不到、记不得也没关系。可是我毕竟是人，不是神，做不到这么伟大。”

吕暖暖以为自己是哪里惹得他不高兴了，连忙回了他一条：“谦修哥哥，你误会了。你以前为我做的事我都记在心里，怎么会看不到、记不得？”

“误会的不是我，是你。”蒋谦修继续说着，“‘谦修哥哥’——暖暖，你知不知道，我其实很讨厌这四个字。你知不知道，我是真的很喜欢你。”

“我当然知道。”吕暖暖连忙回答，“我也喜欢你啊。”

“我说的不是那种喜欢。”蒋谦修一字一句地说着，“我说的喜欢，是有占有欲的那种喜欢。暖暖，我希望你永远都只是我一个人的。”

饶是吕暖暖再迟钝，面对这么直白的话她也听懂了。她拿着手机的手僵住了，身后却传来了稳健有力的脚步声。

屏幕上没有出现新的语音消息，蒋谦修认真的声音却清晰地传入她的耳朵。

“吕暖暖，我喜欢你，已经喜欢了二十年。请你做我的女朋友好吗？”

直到这句话落了音，吕暖暖的手机屏幕上才出现了新的小红点，身后的脚步声也戛然而止。

蒋谦修就站在自己身后。

吕暖暖猛一回头，就看到蒋谦修正微笑着看着自己。

她正要开口说些什么，蒋谦修却伸出手来，将一根手指轻轻抵在了她的唇边：“嘘……先不要回答我。”

他看着自己腕上的手表，秒针正有条不紊地向前迈进着。

过了一会儿，蒋谦修松开了手指。

“好了，我的告白和我对你的喜欢，都已经不能撤回了。”

在微信上，消息发出超过一定时间就不能撤回了。这一次，蒋谦修故意没有给自己留退路。

他已经不想再等下去了。

蒋谦修和吕暖暖第一次相遇是在他七岁的时候。那时候他七岁，她五岁，他是她可靠的邻家大哥哥。吕聿怀工作繁忙，蒋谦修的妈妈就常常主动帮忙照顾这个讨人喜欢的小丫头，而蒋谦修也乐于和这个可爱的小女孩一起玩。

那份在最纯真的年纪里才会萌生出来的美好感情就这么悄悄地抽出了芽。

后来，他凭借着优异的才能和成绩，拜入了吕聿怀的门下，成了吕聿怀的学生。他的身份又从可靠的“邻家大哥哥”变成了“爷爷的得意门生”。

但无论是邻家大哥哥，还是得意门生，这都不是他想要的身份。

他想要的，是成为她心目中独一无二的存在。他想为她戴上戒指，为她披上婚纱，让她成为自己的新娘。

这些年来，他一直把这份喜欢默默压在心底。万一吓到她了怎么办？万一她不接受怎么办？万一连她的哥哥都做不成了怎么办？怀揣着这样的想法，他一直在拼命忍耐着，不敢迈出最后那一步，向她直截了当地表明自己的心意。

可是归璨的出现让他的阵脚被打乱了。

他承认，一开始是他轻了敌。归璨是一个很英俊的男人不错，和吕暖暖站在一起的时候也很登对，且他们住在一起，形影不离。可归璨终归是一个机器人，他和吕暖暖对于这点都心知肚明。吕暖暖是经常犯迷糊不假，可她总不至于傻到去对一个机器人动心吧？

但当他看到吕暖暖为了归璨那样焦急不安时，他就知道自己想错了。

归璨到底喜不喜欢吕暖暖暂且不说，可是吕暖暖分明已经开始在乎归璨了。

蒋谦修知道自己不能再这么下去了，他不能把吕暖暖拱手让人。所以这一次，他终于鼓起勇气，说出了那句“喜欢”。

和他预料的一样，吕暖暖果然露出一副被吓到的表情，木然地看着他。

“你……”她终于回过神来，“为什么会喜欢我？”

“为什么我会喜欢你？这个问题连我自己都给不出答案。暖暖，原本我一直觉得这世间的一切都可以用科学原理来解释，我却不知道自己为什么会喜欢你。我试图用理论去分析这种心情，但最终还是徒劳无功。暖暖，我喜欢你，只是因为我喜欢你，没有原因。你打破了我一直以来信奉的公式和定理，是我这一生只会遇见一次的惊喜。”

蒋谦修凝望着她。

“所以，暖暖，答应我做我的女朋友好吗？”

吕暖暖也呆呆地望着他：“谦修哥——”

“暖暖，不要再叫我哥哥了。为什么你总是曲解别人的感情呢？”蒋谦修的态度难得地强硬起来，“请你正视我的感情，把我当成你的追求者，好吗？”

吕暖暖一时慌了神：“那……那如果我不答应你的追求呢？”

蒋谦修反问：“你为什么要拒绝我，是因为那个机器人吗？是因为你爱上他了吗？”

提起归璨，吕暖暖像是被戳中了心事，立刻变得手足无措起来：“我……我……”

“我”了半天，她也没说出个所以然来。

她下意识地想否认，想大声质问蒋谦修为什么会产生她爱上机器人这个荒诞的念头。可是否认的话明明都已经到了嘴边，她却无论如何都说不出口。

她竟然在心虚。

吕暖暖这副遮遮掩掩的样子让蒋谦修醋意大发。还不等她回答完，他就打断了她：“暖暖，你不是问，如果你不答应我的追求会怎么样吗？那么现在我告诉你，我会继续对你好，好到你不好意思，好到你心怀愧疚，好到你不得不重新开始审视我的感情。而我会在你动摇的时候乘虚而入，直到完全取代他在你心里的位置。”

吕暖暖还是一副愣愣的表情。

看到吕暖暖这个反应，蒋谦修深吸一口气，语气里有万般无奈：“暖暖，醒醒吧，那可是个机器人啊，你喜欢上他，原本就是一个错误。及时醒过来，回到我身边，好吗？”

“归璨……”吕暖暖喃喃自语，“我真的喜欢上他了吗？”

蒋谦修说得没错，她真的常常会曲解感情，不论是归璨的，还是蒋谦修的，甚至是她自己的。

她原本以为自己对归璨的感情很纯粹。她以为自己一直把他当作一件珍贵的物品，一只乖巧听话的宠物，可经由蒋谦修提醒之后她才发现，自己对归璨的感情远没有那么简单。

也许自己真的爱上了他，爱上了一个机器人。她居然真的犯了这么一个可笑的错误。

如果说归璨是机器人，他对自己的爱可以通过修改程序来删除。那么她对他的爱呢？她又该用什么样的方式来弥补这个错误？

“奶茶，别闹！”

归璨正在忙着收拾的时候，那只叫奶茶的猫却偎依了上来，向归璨撒娇。

这个小机灵鬼知道归璨拥有许多奇异的能力，还能让它飘浮在半空中。这是它最喜欢的游戏。

归璨被它磨得没办法了，只好伸出手来，对着奶茶动了动手指，奶茶便凭空飘浮了起来。

眼看自己得了逞，奶茶立刻自顾自地在空中滚了起来，玩得不亦乐乎，瞬间就把归璨抛到了脑后。

“你这个小没良心的……”归璨无奈地看了看它，然后又叹了口气，“算了，反正是最后一次了，随你高兴吧。”

归璨刚刚在收拾要带走的东西。

他打算离开。

他已经越来越不能伪装好自己了。他在吕暖暖面前表露出了越来越多的情绪，甚至还让她看到了自己体形上的变化。他每一步都走得如履薄冰，疲惫不堪。到了现在，他更是到了坚持不下去的地步。

别的都可以掩饰，唯独他对她的爱，是他不能控制的。

而且吕暖暖对于他的爱意表现出了强烈的抗拒，她甚至提出要把他带到蒋谦修那里去，删除他的程序和记忆——

原来自己在她心目中那么不堪。

更重要的是，一旦他被带到蒋谦修那里，他是机器人的这个谎言就会被戳破。如果事情败露，让吕暖暖发觉他是个活生生的人，他又该怎么向她解释她之前亲眼见到的那些在地球人看来是超能力的行为？

如果他是外星人的事实被公之于众……他根本不敢想象后果，而最深的恐惧正是来自未知。

他当初之所以选择留在这里，是因为阿尔法元件。但这么长时间过去了，即便阿尔法元件就在他眼前，他仍然无法破解机关，将它取出来。即便再干耗下去，也只能是浪费时间。

所以按照现在的情况来看，直接离开才是最好的选择。阿尔法元件，地球上能找到一个，也许就能找到第二个。即便是希望渺茫，也比留在这里凶多吉少要好。

而吕暖暖不在家的此刻就是他离开的最好时机。所以，他正忙着收拾东西，在找这个家里还有什么是需要带走的。

话虽这么说，他却没找到什么要带走的东西。

原本他带到这个家里的东西就没有多少——一件早已经不知道被吕暖暖丢到哪里的航空服，还有一只还挂在他耳后的无线装置，就是他来时带来的一切。

看来这里真的没有能让他带走的东西……

归瓈微微怔神，走到奶茶跟前。

奶茶正自己玩得开心，归瓈把它抱到怀里。他伸出手来抚摸它干净顺滑的皮毛：“以后我就不照顾你了，你要乖乖的，不要乱挑食，不要乱挠沙发，也不要跟她闹脾气，知道了吗？”

可是一只猫怎么会察觉到他异样的情绪。奶茶只是挣脱着想从他的怀里钻出来，重新回到空中。

归瓈轻轻地把奶茶放在沙发上，这让奶茶不满地“喵”了一声。

“那就再见了。”归瓈轻声向它道别，“以后我不在了……你要替我陪着她，好吗？”

奶茶见归瓈迟迟没有要再陪自己玩的动作，不由得闹起了脾气，干脆一扭头把脸别过去不再理他。

归瓈站起身来，又看了这个家最后一眼，目光最后定格在了茶几上的那部收音机上。

收音机体积不大，只有手掌大小。今晚他没有听广播，收音机的 LED 屏上显示的不是广播频道，而是时间。

凌晨 3 点 43 分，她快要下班回家了。

归瓈想了想，把那部收音机放进自己口袋，然后推门离开。

“非常感谢各位听众的踊跃来电。时光总是过得这么匆匆，转眼又到了分别的时刻。也许您还没能来得及问自己想问的那个问题，但不用担心，在下一期的节目中，蒋先生将依旧做客《倾听心声》，与您一起分享人工智能方面的内容。《倾听心声》，在深夜陪伴您。

各位听众朋友，以上就是本期节目的全部内容，让我们下期再会。”

等到念完结束语，吕暖暖才如释重负地摘下耳麦，又疲惫地捶了捶自己的肩膀。

还真是久违的忙碌感。

请蒋谦修来做嘉宾真的是一个明智的选择。节目效果岂止是好，简直可以用“火爆”两个字来形容。她那些精心准备的问题设计得极好，既保证了能留住听众的趣味性，也保证了节目内容里有满满的“干货”，加上蒋谦修表现极佳，节奏把握得极好。哪怕播出时段是在深夜，可节目才一开始，收听率就破了台里的纪录。

到了听众来电的电话互动环节那就更热闹了。有蒋谦修的人气摆在那里，互动热线自然被打爆了。《倾听心声》的电话助理已经在上班时间睡了整整几年的大头觉，几乎是连怎么转接电话都快忘干净了，这一晚上的连轴转可真是把她忙得够呛。

不管怎么说，原本计划播出三期的特别节目总算是顺利完成了一期。吕暖暖不由得心情大好。

几乎是在节目结束的一瞬间，高澜就踢开了演播室的大门冲了进来，兴致勃勃地向吕暖暖展示自己的手机屏幕：“暖暖，你看这个！你这期节目不光破了调频收音的收听率记录，还破了网络收听率的纪录！暖暖，你要火了！”

随着电视和网络的普及，广播电台已日渐式微，几乎沦为开车一族来打发无聊时光的专属道具。面对这样的窘境，电台也没有一味地坐以待毙，而是积极求变，希望能用和网络媒体结合起来的方式来提高广播的收听率。为此，电台还专门设立了网络专台，只要轻点手机，就能随时随地收听实时电台内容。

可惜台里节目的听众原本就十分固定，网络专台虽然已经开通了很久，却一直鲜有人问津。这次蒋谦修的到访，让原本冷清的网络专台也变得热闹起来，在短短的两个小时里大量涌入了许多新用户。

无论是原本就守在演播室外面的高澜也好，还是那些对吕暖暖不抱希望的高层也罢，现在台里上上下下都清楚，这次吕暖暖做了一件了不起的大事。

高澜拉着吕暖暖和蒋谦修说要请他们吃一顿庆功宴，犒劳犒劳这两个大功臣，吕暖暖却推说自己身体不舒服，独自回了家。

她实在是没这个心情，短短几天里发生了太多的事情——先是归璨承认他爱上了自己，后是蒋谦修突如其来的表白，再来就是自己察觉到了自己对归璨的感情。令人震惊的事一件连着一件，她只觉得自己的大脑几乎要爆炸。

正在吕暖暖一个人低着头往家的方向走时，一个声音却从她的背后传来："你刚刚说自己不舒服，到底是身体不舒服，还是心里不舒服？"

是蒋谦修的声音，他不知道什么时候追了上来。

看到他，吕暖暖变得有些手足无措："你不是和高澜他们一起去庆功宴了吗？"

蒋谦修笑眯眯地望着她："是啊，他们说我是功臣，是救星，是拯救收听率的大英雄。这期节目好像反响还不错，这都是我的功劳。”

他刻意咬重了“我的功劳”这四个字，吕暖暖立刻就明白了他的用意。

蒋谦修曾对她说过，如果她不接受他的喜欢，他就会继续对她好，好到她不好意思，好到她心怀愧疚，好到她不得不重新开始审视他的感情。而他会在她动摇的时候乘虚而入，直到完全取代归璨在她心里的位置。

连蒋谦修都这么笃定，她是深深喜欢着归璨的。

吕暖暖很无奈：“谦修哥哥……”

“暖暖，我说过了，从今以后，请不要再叫我‘哥哥’。我不是你的哥哥，而是你的追求者。”蒋谦修微笑着打断了她，“我希望你能牢记这一点。”

吕暖暖问他：“那我以后应该叫你什么？”

“直呼其名也好过‘哥哥’这两个字。”蒋谦修坦然地说，“我不介意你直接称呼我‘蒋谦修’，或者你也可以再亲昵一点，直接叫我‘谦修’。”

吕暖暖自然不会选择那个更为亲昵的称呼。她试探着叫了叫他的名字：“蒋……蒋谦修……还真是别扭。”

“你慢慢会习惯的。”蒋谦修咧嘴笑了，“还有很多其他的事情，你慢慢都会习惯。”

他有信心让她慢慢习惯很多事情，譬如他们不再是兄妹的身份，譬如他对她的感情。

“时候也不早了。”吕暖暖催促蒋谦修，“你快回家休息吧。”

蒋谦修却说：“我还没催你，你倒是催起我来了。”

“催我什么？”

“你不是说，要拜托我帮忙删除贵财对你的感情吗？”

听到归璨的名字，吕暖暖忽然变得有些犹豫：“如果程序不删除，那会怎么样？”

当她对归璨提出要删除他对自己的感情和记忆的时候，归璨的表情看起来是那样悲伤绝望。也是，如果换作是一个活生生的人，她这么做的确是绝情得过了头。看着归璨露出那样的表情，她突然就动摇了。

蒋谦修看透了她的想法，似乎是被她气笑了：“暖暖，我是该说你傻呢，还是该说你天真？机器人所谓的‘感情’说到底也只是被预先编写好的程序。它们没有血肉，没有心脏，连冷暖和疼痛都感觉不到，又怎么真正理解感情？真正的感情，是不会这么轻易就消失的。”

听到这里，吕暖暖也终于下定决心：“好。谦修哥……蒋谦修，那就麻烦你跟我回家，帮归璨删除这段程序吧。”

两个人很快就到了家门口。

吕暖暖按了按门铃：“归璨，开门！”

归璨实在是太好用了，现在她大大小小的事情都要依靠他来做，连开门这种小事也不例外。

反常的是，屋里半点儿动静都没有。要是换作往常，她一按下门铃，归璨就立刻来帮她开门了。

吕暖暖觉得奇怪，又按了一次门铃：“归璨，开门！”

大门仍旧纹丝不动。

吕暖暖索性放弃了门铃，直接上手敲门：“归璨，你在家吗？”

仍旧是无人回应。

吕暖暖转头和蒋谦修对视了一眼，发觉事态不对。

她忙慌张地拿出家门钥匙，打开了门。

奶茶正窝在沙发上懒洋洋地看着他们两个。家里一如往常，却唯独没看见归璨的身影。

吕暖暖把自己肩上背着的包甩在沙发上，顾不得换鞋，就直接走到其他房间里寻找：“归璨？”

最终一无所获。

等到最后一间房也查验完毕，吕暖暖才终于确信，归璨的确是不在家里了。

她一下子愣在原地：“归璨他……他这是不辞而别了吗？他是不是不打算回来了？”

“别多想。”蒋谦修安慰她，“归璨又不是没有自己出过门，之前他不还给你送过奶茶吗？也许他是闲得无聊，自己出去玩了。再说了，机器人怎么会有离家出走的意识……”

“我告诉他，要帮他删除感情和记忆的时候，他表现得很难过。”

吕暖暖的声音突然变得哽咽，“我是不是伤到他的心了？”

看到吕暖暖这副泫然欲泣的表情，蒋谦修也慌了神：“暖暖，你先不要哭。你出门之前他还在家对吗？所以他还没有走远。现在我们去找他，好吗？一定能把他找回来的！”

吕暖暖的情绪却彻底失控，眼泪滑落，周身颤抖。

她喃喃自语：“如果我真的伤到他的心了怎么办？如果他真的不回来了怎么办？归璨，如果你走了，那我该怎么办？”

她突然意识到，事情和自己预料得完全不同。

她原本以为，归璨离不开自己，原来自己错了。

她原本以为，自己能离开归璨，原来自己又错了。

第八章

走散的人一定能重逢

NAKEXINGXING
WENGUOWO

一连几天，吕暖暖都一无所获。归璨就像是人间蒸发了，到处都找不到他的行踪。

吕暖暖几乎发了疯一样去找他，但还是徒劳无功。她已经去过自己所有能去的地方，拜托过自己所有能拜托的人。可是茫茫人海要找一个人又谈何容易。

以蒋谦修为嘉宾的三期特别节目现在只剩下最后一期。吕暖暖强打着精神，保持着饱满的精神状态录制节目。但一到中场广告休息时间，把音源切换到了广告录音之后，她就疲态尽显，控制不住地打了个哈欠。

她这副疲惫的样子被蒋谦修尽收眼底，他问："你累了吗？"

吕暖暖摘下耳麦，摇了摇头："还好。"

蒋谦修反倒笑了："怎么可能还好，看你的黑眼圈，你已经很久都没睡好觉了吧？"

何止是没睡好，她几乎就没睡。归璨不见了，她怎么可能安稳地睡着。

蒋谦修对这点心知肚明："他在你心目中……就这么重要吗？"

"蒋谦修，我不想骗你。"吕暖暖向他坦白道，"我很牵挂他，也很在乎他，我觉得我……大概是爱上了他。这也是我下意识会拒绝你的原因。蒋谦修，我不讨厌你，甚至喜欢你。但是那种喜欢是家人之间的喜欢，我面对你时不会怦然心动，不会脸红心跳，也没有丝毫的悸动。"

蒋谦修问："可是你在面对他时就会有这样的感觉，是吗？"

吕暖暖郑重其事地点了点头："是。"

蒋谦修大概是没料到她会回答得这么直白，不由得露出苦笑："我真的没想到，有一天我会因为一个机器人吃醋。"

"彼此彼此，我也没想到自己有一天会喜欢上一个机器人。"吕暖暖叹气，"所以我一定要把他找回来。"

"别担心。"蒋谦修安慰她，"他会回来的，有我在呢，我会尽我最大的努力帮你。"

这下反倒是吕暖暖有些意外了："你愿意帮我？"

毕竟现在的归璨对他来说可是情敌。

“你以为这些天来我没帮你？我已经尝试了各种方式去找他，还拜托了许多朋友……但可惜没找到他的行踪。我是很嫉妒他没错，但他不仅是你喜欢的‘人’，更是老师最后的作品，是老师留给你最后的念想。我知道他对你而言意义非凡，当然要帮你找他。你天天顶着这两个大黑眼圈，我看着可是会心疼的。不过我背地里为你做了那么多，你居然都不知情。”蒋谦修说，“那看来以后我为你付出了什么，我都要原原本本地告诉你——我也受够了没有回报的付出了。”

吕暖暖问:“如果以后也一直没有回报呢？你是不是就会放弃了？”

“那是当然。如果看不到希望，我当然会放弃。但你也不要小看我对你的执着。”蒋谦修对她眨了眨眼睛，“毕竟我已经坚持了这么多年，不会那么轻易就放弃的。”

说话之间，短暂的广告时段结束了。指示灯一变换颜色，吕暖暖和蒋谦修就迅速进入状态，重新扣上了耳麦。

“各位听众朋友，欢迎回到《倾听心声》，我是你们的老朋友吕暖暖。坐在我身边的，仍然是我们本期的特别嘉宾，蒋谦修先生。”

蒋谦修配合地做出了回应：“大家好，我是蒋谦修。”

吕暖暖顺着事先准备好的谈话提纲说了下去:“在之前的节目里，蒋先生已经向我们讲述了很多有关于人工智能领域方面的知识。在最后的这期节目里，我们特意向各位听众朋友征求了他们最想听到的话题。通过整理反馈意见，我们发现听众们最感兴趣的，还是您这个人本身。大家都想知道，您在私下是一个怎样的人，过着怎样的生活，有着怎样的想法——蒋先生，您能和我们分享一下最近您在生活中遇到的趣事或者烦心事吗？”

节目是事先排练好的。虽然台词并非是逐字逐句商定完毕的，但大体的问题和回答都已经列出了提纲。可蒋谦修的回答却和台本上的说法大相径庭：“烦心事……我倒还真有一件。前几天，我刚刚被我喜欢的女孩子拒绝了。她心有所属，已经喜欢上了别的男人。”

听到这番回答，吕暖暖的心不由得“咯噔”了一下。现在是直播，她完全不知道蒋谦修接下来会说出什么惊世骇俗的话。

不过，幸好蒋谦修并没有说什么出格的话：“但我并没有放弃。我喜欢的女孩子并没有和她喜欢的那个人在一起，而且在我看来，那个男人配不上她。”蒋谦修说着，头却转向了吕暖暖，深情地看着她，“所以我要继续留在她身边，直到让她意识到，我才是更合适的人选。”

吕暖暖张了张嘴，不知道该说些什么。

节目突然陷入沉默。在直播节目中，如果长时间没说话是要算作播出事故的，主持人绝对会为此受到处分。

蒋谦修反应十分迅速，把自己的话接了下去：“那么吕小姐，你最近有遇到什么烦心事吗？”

“我……”吕暖暖终于回过神来，“我弄丢了一个人，是对我而言很重要的人。我希望我能尽快找到他，让他回到我的身边，我……我真的很想念他。”

“别担心。”蒋谦修安慰她，“你一定会找到他的。地球是圆的嘛，走散的人一定能够重逢。”

归璨躺在公园的长椅上，正百无聊赖地盯着手里的收音机发呆。

时至今日，他还是不能很好地融入地球人的生活。为了避免身份暴露，他只能小心谨慎地避开人群，藏身在人烟稀少的地方——比如他现在待的这个鲜有人来的公园。

他离开吕暖暖已经好几天了。在这几天里，他一直努力寻找其他阿尔法元件的下落。他去了很多地方，无线装置的探测范围也很广，可即便如此，他仍然没有找到有关于其他阿尔法元件的线索。也许吕暖暖手里的那个阿尔法元件真的是地球上独一无二仅有的一枚。

想到吕暖暖，归璨也不由得叹了口气。

他很想她。

他不辞而别，走得决绝，既没有留下什么，也没有带走什么，没给吕暖暖留下一点线索。

其实这话说得也不对。他在走的时候，带走了一部收音机。

迫降到地球的这段短暂时间里，他竟然养成了听广播的习惯。收音机真的是一个神奇的东西，哪怕相隔千里万里，只要打开开关，自己就能听到她的声音。

所以他才没忍住，在离开的时候带走了这台收音机。哪怕以后再也见不到她了，可至少自己留在地球的这段时间，还能听听她的声音。

他也告诫过自己，既然下定决心要离开，就不要再拖泥带水地有所眷恋。

话虽这么说，可每天到了凌晨两点钟，他总会忍不住打开收音机，收听那档在深夜才会播出的《倾听心声》。

今晚的嘉宾仍然是蒋谦修。听到吕暖暖和蒋谦修的声音同时响起时，归璨就立刻联想到了两人正亲密地坐在一起的画面。

归璨干脆翻起了巨大的白眼来宣泄自己心里的不满。横竖他现在不用再去装什么机器人，他终于可以遵循内心的想法肆意地做出表情了。

这期有蒋谦修的节目虽然让他听得窝火，但他并没有关掉收音机。他连节目里插播的广告都认认真真地听完了。

“你是否在过度劳累之后，腰腿酸软，精神不振，感觉身体被掏空？”

归璨一听，跟着广告认真地点了点头。

这几天他也算是身心俱疲。原本吕暖暖就让他烦心到不行，自己白天还要到处奔走寻找阿尔法元件的下落，几天下来，他早就身心俱疲累得不行，一度怀疑自己是不是被累出了毛病。

腰腿酸软，精神不振，这正好就是他现在的状态。听到广告上的症状和他的完全吻合，归璨不由得竖起了耳朵。

广告继续从收音机里传来：“这是肾透支的症状。快使用 ×× 肾宝片，把亏欠的补回来，她好我也好。”

归璨若有所思，自己原来是“肾透支”了。

这时广告结束，节目再次开始，吕暖暖的声音又重新出现了：“在之前的节目里，蒋先生已经向我们讲述了很多有关于人工智能领域方面的知识。在最后的这期节目里，我们特意向各位听众朋友征求了他们最想听到的话题。通过整理反馈意见，我们发现听众们最感兴趣的，还是您这个人本身。大家都想知道，您在私下是一个怎样的人，过着怎样的生活，有着怎样的想法——蒋先生，您能和我们分享一下最近您在生活中遇到的趣事或者烦心事吗？”

接下来就是蒋谦修的声音：“烦心事……我倒还真有一件。前几天，我刚刚被我喜欢的女孩子拒绝了。她心有所属，已经喜欢上了别的男人。”

听到这里，归璨不由得一愣。

蒋谦修喜欢的人是吕暖暖，这一点他可以笃定。那么吕暖暖就是“心有所属，已经喜欢上了别的男人”。

她不喜欢蒋谦修吗？那她喜欢的人是谁？

难不成是自己吗？

归璨的心一下子悬了起来。他把收音机举到自己的耳边，紧张地听着。

收音机里仍旧是蒋谦修的声音：“但我并没有放弃。我喜欢的女孩子并没有和她喜欢的那个人在一起，而且在我看来，那个男人配不上她。”

归璨听到这里，愤愤地磨了磨后槽牙——你才配不上她，你连只蟑螂都配不上！

但他的想法蒋谦修自然不会知晓。

蒋谦修继续说道：“所以我要继续留在她身边，直到让她意识到，我才是更合适的人选。那么吕小姐，你最近有遇到什么烦心事吗？”

“我……”吕暖暖的声音终于传来，“我弄丢了一个人，是对我而言很重要的人。我希望我能尽快找到他，让他回到我的身边，我……我真的很想念他。”

归璨的手不由自主地颤抖了一下。

她说的那个人，难道是他吗？

接着又是蒋谦修的声音：“别担心。你一定会找到他的。地球是圆的嘛，走散的人一定能够重逢。”

听到这句话，归璨下意识地抬头看了看星空。

他想到了自己被迫紧急降落到地球时的场景。宇宙浩瀚无垠，所有的星球都离自己那样遥远，只有地球触手可及。这颗蔚蓝色的星球虽然让他心怀恐惧，却如此美丽。

如果他没有降落到这里，也就不会遇到吕暖暖，发生这么多的事情。

地球是圆的，这是他亲眼见过的事情。可地球真的是圆的吗？如果地球是圆的，那么走散的人为什么不能重逢？

归璨出神地看着星空，忽然间想明白了。

地球真的是圆的。

但世界不是。

正在他出神的时候，节目已经结束了：“不知不觉中，时间又到了这么晚了。今天的《倾听心声》就到这里，我是你们的老朋友吕暖暖，期待与您的下次再会。我会在这里一直等待着你。”

吕暖暖说出的“再会”两个字让归璨心头一动。

他突然很想去见她。哪怕只是远远地看上她一眼，他也知足了。

这个念头在忽然间变得越发强烈。归璨发了一阵呆，最终还是从长椅上爬了起来。

他也知道这个时候去见她并不是一个明智的选择。可是想念她的念头总是能轻而易举地击败他的克制。

归璨暗暗地下了决心，他只看她一眼，然后就彻底远走，再也不和她见面。

与此同时，吕暖暖也收拾好了自己的东西，准备回家。

蒋谦修叫住她：“暖暖，我送你回去吧？”

吕暖暖摇头：“不用了。”

“可是天都这么晚了，你一个女孩子……”

“没关系，我每天晚上都走这条路。”

蒋谦修有些无奈：“你为什么总是拒绝我呢？”

“因为我不想骗你，也不想骗自己。蒋谦修，我不喜欢你，所以也不能接受你对我的好意。我怕你会生出不该有的误解和期待，这对你太不公平了。蒋谦修，你的殷勤和付出在我这里是得不到任何回应和答复的。”吕暖暖固执地拒绝了他，“对不起。”

“没关系，总有一天你会回心转意。”蒋谦修不再强求，“那你路上注意安全。”

吕暖暖点了点头，走出了演播室的大门。

电台离她家并不算远，加上深夜地铁和公交车早已经停运，出租车也很难打到，所以她一般都选择步行回家。

虽然路灯昏暗，街上一个人都没有，不过这条路吕暖暖已经走了无数次，闭着眼睛她都能走回家，所以她并不害怕。

不过有句话说得好，常走夜路早晚会撞到鬼。吕暖暖才走到一条小巷子，就看到前面昏黄的路灯下站着几个身影，高高大大，像是一群男人。

她下意识地顿住脚步。那群人似乎也注意到了她，向她这边走来。

“吕暖暖。”为首的那个男人露出阴森的笑容向她逼近，“我们在这里已经恭候多时了。”

这个熟悉的声音让吕暖暖不由得心里一紧。这时候，她也借着路灯昏暗的光看清了来者的面容——

江贺然。

才短短一段时间不见，江贺然已经大变样。之前他凭借着英俊的外形和绝佳的气质成了台里的新秀，平步青云，节节高升，全身上下都散发着骄傲和自信。可是现在，他像是换了一个人——满脸胡楂，目光阴鸷，满身颓疲。

之前她和江贺然的相处并不算愉快。先是江贺然暗算她，后是归璨帮她出气，新怨加上旧愁，她才不信江贺然带着这么一大帮人是来好心送她回家的。

吕暖暖强迫自己冷静下来：“你找我有事？”

面对危险，她必须想办法自保。可现在是深夜，四周根本没有人，即便是呼救也不会得到回应。而且她脚上还踩着高跟鞋，想跑过这群大男人谈何容易。

“吕暖暖，”江贺然不怀好意地走到她跟前，“你知不知道你害我失去了多少东西？我的事业，我的未婚妻，我原本一片光明的大好前途，全都葬送在你手里！”

吕暖暖后退一步：“葬送你前途的根本不是我，而是你自己。”

“少拿大道理来教训我！”江贺然咬牙切齿，“我是被你和你那个什么鬼男朋友一起亲手毁掉的！要不是你们来砸场，我现在已经和高澜结婚，还清赌债，开始新的人生了！你把我重新来过的唯一希望给掐灭了！”

“就算高澜帮你还清了赌债，你以后就不会再赌了吗？”吕暖暖质问他，“如果你能克制住自己，现在也不会落到这种下场。”

江贺然死死地盯着她，突然冷笑一声：“几天不见，你的嘴巴倒是变得厉害了。吕小姐，看来你好像还没明白你的处境啊。”

“你想干什么？”

“干什么？我想给吕小姐一个将功补过的机会。”江贺然不知从哪里摸出一把弹簧刀，在吕暖暖眼前晃了晃，“我知道吕小姐的爷爷是大名鼎鼎的吕聿怀博士，而且那个老头子前一阵子死了——想必他应该给你留了许多钱吧？”

那把危险的弹簧刀在灯光下闪出了寒光。

“吕聿怀到底有多少钱我不知道。不过以他的身价，如果他唯一的宝贝孙女被绑架，那么拿出个几千万的赎金应该也是应当的吧？”

听到江贺然的目标是图财而不是害命，吕暖暖不由得暗自松了一口气：“那你的算盘可打错了，我现在一个亲人都没有，你即便是把我绑了，也拿不到一分钱的赎金。这样吧，你不如先把我放了……”

“你是一个亲人都没有了，可你不是还有个亲爱的小男朋友吗？”江贺然突然冷笑，“虽然我不清楚他的身份，不过看样子他应该也是个有头有脸的人物吧？这是不是就意味着，我的赎金可以比预先的更多呢？话说回来，你那个男朋友呢？看来他很忙啊，都没有时间来亲自送你回家？还是说你们已经分手了？”

江贺然所说的“男朋友”当然指的是归璨。吕暖暖觉得那句“还是说你们已经分手了”无端有些刺耳，她皱了皱眉头：“这是我们之间的事，请你不要牵扯无辜的人进来。”

“啪——”

一道清脆的耳光声响起，吕暖暖的脸颊上立刻印上了五道红彤彤的指痕。

“你很硬气啊。你是不是根本没意识到，现在的你处境有多危险？”江贺然两眼通红，已经是怒极了。

吕暖暖瞪了他一眼，他立刻再次抬起手臂，顺势要再打下去。

“喂！”

突如其来的一声大喊让所有人都下意识转了头。吕暖暖看到归璨站在巷尾，刚刚那声“喂”正是他喊出来的。

他的表情看起来包含了许多复杂的情绪——愤怒、震惊、难以置信。他大概根本没有料到江贺然会动手打吕暖暖。

“还真是说曹操曹操到。吕暖暖，你的男朋友赶过来英雄救美了。”江贺然又抬起了手，“他是不是被吓傻了？要不然我再打你一次给他看看？”

江贺然说着就又扬起手。他就是仗着人多，估摸着归璨单枪匹马的不敢硬碰硬，才敢这么肆无忌惮，想要羞辱吕暖暖和归璨。

可出乎意料的是，归璨竟然一个人直直冲了上来，还没等江贺然做出反应，归璨就一脚踹到了江贺然的头上。

江贺然猝不及防，直接跌倒在地。他正觉得头脑发蒙，归璨就把他从地上拽了起来，反手就给了他一巴掌：“你刚刚是不是这么打她的？”

他还来不及回答，归璨就又甩了他一巴掌：“连我都是由着她欺负的，你居然敢打她？”

江贺然还想还手：“你一个男人，打架居然甩巴掌？”

归璨上去又给了他一个大嘴巴：“你一个男人，居然有脸打女人？”

江贺然挣扎着想要起身：“我手里有刀……”

归璨完全没听出这是一句威胁，又甩了他一巴掌：“你就是把刀送给我我也要打你！”

原本异星人的体能就远强于地球人，归璨又用足了手劲，江贺然没几下就被他打得头昏脑涨。吕暖暖生怕归璨一怒之下做什么出格的行为，急忙制止了他：“归璨！”

归璨这才转过头，站起身来，和吕暖暖再次面对着面。

上一次他们离得这么近，仿佛已经是很久远的事情了。

他不懂什么叫绑架，也不知道吕暖暖正面临着危险。他原本决定无论如何都不在她面前现身，只远远看她一眼就离开。可是当他看到她被人打了一巴掌，就再也控制不住自己了。

归璨支吾起来。他不知道现在该说些什么，他有很多话想对她说，可现在好像说什么都不太合适。

“你被打疼了吗？”最后说出口的只剩下这么一句。

吕暖暖不由得鼻子一酸，声音里都带了呜咽：“你这些天都去哪里了？我到处都找不到你！”不知道怎么，一看到他，原本能够忍受的委屈竟全部迸发了出来。

她已经习惯了对他撒娇了。

她向前迈了一步，直接紧紧地抱住了他，头埋进了他的胸口。

归璨感觉自己胸口的衣服被什么濡湿了，那是她的眼泪。

“我还以为再也见不到你了……”归璨叹了一口气，轻轻地拍了拍她的后背。

江贺然朝地上啐了一口，却吐出了半颗碎牙和些许黏血。归璨的身手果然不能小觑，江贺然立马犯怵，连滚带爬地回到自己带来的那群人的身边。

那些人是他带来的帮手，也是他欠下的巨额赌债的债主。他们用各种方法折磨江贺然，逼他还钱。江贺然走投无路，才想出了绑架吕暖暖这个馊主意。

现在可倒好，这群原本让自己避之不及的债主反倒成了江贺然的靠山。一回到那群人的身边，江贺然立刻来了底气："你这小子也是个拎不清的，我们大哥在这里，你居然还有心思谈情说爱？"

归璨松开了吕暖暖，把她挡在自己身后："哪一个是你大哥？"

江贺然立刻拉出一个人高马大满身肥膘的壮汉："你认得我大哥吗？"

那位大哥正抽着烟，乜斜了归璨一眼，态度十分傲慢。

归璨很诚实地摇了摇头："不认识。"

"呵，不知者无畏，连大哥都不认识，怪不得你现在还这么淡定。东西南北几条街，打听打听谁是爹。爹……不是，哥，把您的'那个'亮出来给这小子开开眼。"

大哥二话不说，把自己的半截短袖往上撸了撸，露出了一个文身。

江贺然指了指那个文身："你见没见过这个？"

归璨仔细一看，口水差点儿不争气地流出来了。这东西他不光见过，而且还吃过！

"见过，小龙虾。"

"我看你才是真的瞎！"江贺然咬牙切齿，"什么小龙虾，这是蝎子！道上大名鼎鼎的蝎哥你都不认识！"

这位蝎哥生得膘肥体壮，连胳膊都比常人要粗几圈。这么一条生猛的胳膊，文身师总不能纹一只瘦瘦弱弱的蝎子上去，就只能往胖了画。这蝎子一变胖，还真有点像小龙虾。

吕暖暖在一旁没忍住笑出了声。

归璨扭过头来问吕暖暖："蝎子是什么？"

吕暖暖想了想："蝎子……是一种和小龙虾长得很像的动物。"

"小龙虾和蝎子不是一回事？"

"当然不是一回事。"

"蝎子不能吃吗？"

"呃……能吃。"

"哦。"归璨把头又转了回来，"那不还是小龙虾吗？"

正在抽烟的蝎哥被归璨气得鼻孔直冒烟。

"虾哥……不是不是，蝎哥，蝎哥。"意识到自己叫错了的江贺然连忙改口，"别跟他小子废话了，直接干他！"

蝎哥早就怒不可遏，一声令下，一直在旁边蠢蠢欲动的混混就冲了上来。

归璨捏了捏拳头，直接迎了上去。

冲在最前头的那个人手里挥着一根木棍。归璨向前跑了几步，跃到了巷子里的垃圾桶盖上，借着冲力在空中做出一个飞踢，把那根粗长的木棍生生踢折了。

拿木棍的人猝不及防被掀翻在地，紧跟在他后面的三个人也不由得一愣，被归璨抓住了破绽，还没出手就失去了反抗的能力。

打头阵的四个都落了个惨烈的下场，剩下的两个小弟也就没了恋战的打算，下意识地往回跑。

眼看这些人没了再打的意思，吕暖暖拉住归璨就想和他一起趁乱离开，不管怎么样都是对方人多，再这么耗下去对他们没有好处。

"归璨，咱们先走。"

归璨正要去追："可是他们刚才打你了。"

"没事的，已经不疼了。"吕暖暖踮起脚来摸了摸归璨的头发，她知道这是最能安抚他的办法，"已经不疼了，乖，我们回去。"

看归璨那副委屈的小表情，就好像刚才被打了一巴掌的人是他一样。吕暖暖不由得觉得好笑："乖，跟我回去。"

归璨和她僵持了两秒，最后还是不情不愿地被她拉走了。

江贺然也知道大势已去，只能跑路，可嘴上还要占着便宜，骂骂咧咧，语言极具侮辱性。

归璨这才走出去不到几步，听到江贺然的骂声，他就停了下来。他虽然听不懂那些脏话的意思，但江贺然的语气已经让他隐隐猜到了那些话的含义。他回头问吕暖暖："他是在骂你吗？"

吕暖暖唯恐他再发怒失控，半路死机，于是连忙摇头："没有没有。"

可江贺然偏要占这个嘴上便宜，仍旧不依不饶咒骂着。

这次归璨没有再问吕暖暖，他直接冲了回去，把江贺然扇成了个猪头。

江贺然的两颊被归璨几个巴掌扇得高高肿起，归璨却仍然觉得不解气。他想骂回去，但无奈自己肚子里骂人的词汇实在是不多。地球上骂人的话他只会一句，他骑在江贺然身上边扇巴掌边骂："多喝热水！多喝热水！听见了没有，我让你多喝热水！"

江贺然长这么大从来没听过这么奇怪的要求，但他被打成这样根本不敢多问，只能哀哀求饶："别打了，我喝，我喝，大哥我回去就喝热水！让我喝开水都行，别打了！”

归瓈正打得专注，完全没留意自己身后有个人在悄然逼近。那个叫蝎哥的人不知道从哪里掏出了一把长长的西瓜刀，无声无息地绕到归瓈的身后。

吕暖暖瞬间被惊出一身冷汗：“归瓈，小心身后！”

可是已经晚了。哪怕归瓈应声闪躲，那把刀还是在他背上划上了一刀，将他的衣服豁出一道口子。

天色昏暗，吕暖暖看不清归瓈的伤势，焦急地想要上前。归瓈却叫住了她：“不要过来！”

归瓈神色如常，那一刀似乎完全没有伤到他。吕暖暖这才放下心来。

也是，归瓈是个机器人嘛，钢筋铁骨，没有这么容易被伤到的。

蝎哥知道归瓈身手不凡，但他手上有西瓜刀傍身，而对方手无寸铁，那么眼前这个对手应该是没什么胜算。想到这里，蝎哥大喝一声，举刀就向归瓈劈头盖脸地砍了下去。

归瓈躲都不躲，只是死死地盯着那把砍向自己的长刀。

眼看那把刀就要砍到归瓈的脸上，吕暖暖尖声大叫。只是那把锋利的钢刀却如同脆弱的玻璃一般碎成了无数碎片，又像纸片一样轻飘飘地落到了地上。

转眼之间，蝎哥手里就只剩下一把刀柄。他一下子傻了眼，完全无法理解在刚才的那一瞬间到底发生了什么。

呆愣了几秒后，蝎哥直接扔了自己手上仅剩的刀柄，大嚷大叫地跑开了：“鬼啊！妖怪啊！”

哪怕平日里的蝎哥威风凛凛，在遇到这样不可思议的事情之后也只能连滚带爬地逃命了。

直到他跑远了，归璨才松了口气。

吕暖暖也拖着发软的双腿来到他跟前：“你没事吧？”

归璨摇摇头，和往常一样面无表情：“没事。”他一边说着，一边下意识地把自己的后背轻轻贴在了墙上。

“快让我看看！”吕暖暖不管他那套，执意要看他的后背，“让我看看有没有伤到里面的零件！”

归璨根本拗不过她，被她生生地扳过身子，露出了自己的后背。

吕暖暖不由分说，借着路灯昏黄的光线掀开了归璨破烂的衣服。但等吕暖暖一掀开衣服，她就不由得愣住了。

归璨的后背上出现了一道不算深的伤口，但仍能看到有血液正从伤口中缓慢渗出。

有血有肉，他分明是一个活生生的人。

她不敢相信地伸手轻轻碰了一下那道伤口。

剧烈的疼痛从被触碰的地方传来，归璨冷咝一声，后背不受控制地轻颤起来。

吕暖暖看到自己的指尖上沾了血，暗红的、黏稠的、真真切切的血液。

所有的真相都已经被她看到了，归璨也就卸下了面无表情的伪装，无奈地笑了。他忍着疼痛，静静地看着吕暖暖。

吕暖暖果然愣住了。她看着归璨，一脸的不敢相信。

下一秒，她就该大声尖叫、夺路而逃了吧？毕竟在他身上有着太多的不可思议，他是超越了地球人认知的存在。

哪怕凶神恶煞如蝎哥，在遭遇了这种事情后也只能把他当作是妖魔鬼怪，害怕地逃走。更何况是柔弱的她呢？

吕暖暖逐渐回过神来，一把抓住归璨的手："跟我走。"

归璨停在原地没有动弹："去哪里？"

"回家。"吕暖暖没有丝毫的犹豫，"你的伤口还在流血，我得给你消毒包扎伤口！"

她又拽了归璨一下，可是归璨纹丝不动："快走啊。"

归璨盯着她："你不害怕我吗？现在你知道了我不是机器人，难道不好奇我到底是什么？我可能是妖怪，也可能是其他可怕的东西，你难道一点儿都不惊讶？"

"怎么可能不惊讶。"吕暖暖回答，"我是不知道你是什么。可你是归璨，不是吗？"

归璨还在发愣的时候，吕暖暖已经拉住了他的手。

"走，咱们回家。"

第九章

陈年老醋

NAKEXINGXING
WENGUOWO

吕暖暖一打开门，奶茶就冲了出来，黏在归璨的脚边，“喵喵”地撒着娇。

这倒是有点儿出乎归璨的意料。他原以为这个小没良心的不会想自己，可事实看来并非如此。

就像是他以为自己离开，吕暖暖会觉得无关痛痒，结果却和自己想象的不太一样。

归璨蹲下身子来摸了摸奶茶光滑的皮毛，吕暖暖却急匆匆地跑到房间里，翻出了医药箱。

“归璨，你先把上衣脱了，我帮你上药。”

归璨听话地把上衣脱了下来，赤裸着上身。吕暖暖拎着医药箱看了他一眼，突然满脸通红。

不管归璨是什么，可他总归是一个活生生的人，而不是一个冷冰冰的机器。之前她就没有把他当成一个真正的男人来看待，现在想想，她真是闹出过不少笑话。

她之前还穿着薄到透的清凉睡裙在归璨面前跑来跑去，还在他面前不顾形象地抠脚。

想到这里，吕暖暖突然觉得自己的大脑里传来轰的一声，恨不得直接找个地缝钻下去。

归璨倒是被她欺负惯了，见她如今的忸怩倒是有些不习惯："怎么了？"

"没什么没什么。"吕暖暖连忙否认，打开药箱，"我先帮你消毒，可能会有些疼，你忍着点。"

她用棉签蘸了些碘伏，一手轻轻扶住了归璨的后背，另一只手替他上药。

归璨的皮肤仍然很冷，像是金属的温度，怪不得自己会把他误会成机器人。吕暖暖默默想着。

幸而伤口虽然很长，却没有很深。吕暖暖正轻轻擦拭着伤口，归璨却忍不住"嘶"了一声。

吕暖暖立刻停了手："疼吗？"

归璨龇牙咧嘴地摇了摇头："不疼。"

既然身份已经暴露，他也就不用再费尽心思去维持面无表情。

吕暖暖还是第一次在他脸上看到如此鲜活生动的表情，不由得觉得好笑。

消过毒后，她拿出纱布，将他背上的伤口包扎了起来。

“这样就好了。”吕暖暖替他处理好了伤口，“还有哪里觉得不舒服吗？”

经她这么一提醒，归璨立马就想起了自己之前在广播里听到的广告：“你这里有肾宝片吗？”

吕暖暖不解：“你要那个干什么？”

归璨老实回答：“我好像肾透支了。”

吕暖暖欲言又止：“你年纪轻轻的就有这种困扰？”

归璨没有听出什么不对：“也就是最近才开始困扰的。”

吕暖暖伸出胳膊来抱住他，安慰地在他背上轻轻拍了拍：“没关系，就算你肾虚我也不会嫌弃你的。”

她可真是倒霉，上一次喜欢的是个渣男，这次居然又喜欢上一个肾虚男。算了，肾虚就肾虚吧，谁让她喜欢呢？

归璨觉得不对劲，但他没好意思问。

不就是觉得最近有点累吗，为什么他好像遭到鄙视了？

“不过该交代的事情还是要交代的。”吕暖暖松开他，“坦白从宽，抗拒从严。说吧，你到底是什么人？”

事到如今也就没有再隐瞒的必要了，归璨只好实话实说：“我不是机器人。我是来自异星球的异星人。”

“异星球？”

归璨点了点头：“是的。那是距离地球数十万光年的一颗遥远星球，在那里有着和地球人一样由碳基构成的智慧生物，我就是其中的一个。”

吕暖暖目瞪口呆：“这么说，你是……外星人？”

“对。”

这个事实实在是让人难以在短时间里接受，吕暖暖结结巴巴地问：“所……所以你才有那么多超能力？”

归璨看了看桌上的一只茶杯，那只茶杯就缓缓地飘到了吕暖暖眼前，开始轻轻地在半空中旋转着。

“也许在你们地球人看来这是超能力，但在异星人眼里，这是再普通不过的能力，就和你们吃饭睡觉一样是最正常的行为——一个多月之前，我在一次星际航行中遭遇了流星雨。我驾驶的星际飞船被陨石击中，导航系统严重受损，所以我才迫降到了地球，遇到了你。”

吕暖暖盯着杯子发着呆，突然想起另一个很重要的问题：“如果说你不是机器人，不是爷爷送给我的礼物的话……那他原本送给我的东西应该是什么？”

归璨伸了伸手，一个东西就从吕暖暖的卧室里飘了出来。

是那个她从爷爷的书房里拿回来的孔明锁。

孔明锁轻轻地停在两个人之间。

“你来拿吧。”归璨说，“只有你才能碰它。”

“这……”吕暖暖伸出手来拿起了它，“这里面装的到底是什么东西？”

“阿尔法元件。”归璨开口，“在异星球，我们是这么称呼它的。在我的家乡，阿尔法元件非常常见，但在地球，你手上的这个阿尔法元件可能是独一无二的。要想修好我飞船上的导航系统，就非得用它不可。”

“所以……”吕暖暖晃了晃手里的孔明锁，“你假装成机器人留在我身边，就是为了它吗？”

“也不全是因为它。”归璨说，“在异星球上有很多关于地球人的可怕传闻。”

“可怕传闻？”吕暖暖被他勾起了兴趣，“比如？”

“比如地球人喜欢抓外星人去泡药酒。”归璨认真地说，“听说你们地球人认为喝外星人泡成的药酒可以壮阳。”

“噗……哈哈哈哈。”吕暖暖没忍住笑了出来，“你自己就是个肾透支的，还壮阳……用你泡出来的药酒不越喝越虚就不错了！”

归璨一琢磨就觉得不对劲了。

搞了半天，肾透支其实是那个意思？你们地球人拍广告也太含蓄了吧！怪不得吕暖暖要用那么怜悯的眼神来看他！

等一下，那吕暖暖岂不是误会他不行了？

归璨被憋了个满脸通红，却一直都想不出合适的措辞来解释。

这个话题实在是太尴尬了，哪有自己向别人强调自己不是肾虚的？这也太欲盖弥彰了！

正在胡思乱想的时候，吕暖暖又问了别的问题。她摇了摇手里的孔明锁，里面传来窸窣的声响：“那爷爷为什么会把阿尔法元件留给我做礼物？”

“我不知道。”归璨摇头，“阿尔法元件用途广泛，可以用来制作各种各样的精密电子仪器。你的爷爷应该是把它做成了某样东西，但我不知道它究竟是什么。”

他所知道的，也就只有无线装置能够探测到里面存在阿尔法元件而已。

“这样啊。”吕暖暖若有所思，“那我是不是应该尽快把孔明锁解开，把里面的东西拿出来给你？”

时间也过去不短了，但她只摆弄过这个孔明锁几下，离完全解开还有很大的差距。

“是的。”归璨回答，“我在地球上耽搁的时间已经很久了，必须要尽快回到异星球。我降落到地球并没有得到批准和许可，如果长时间不回到异星球，我可能会被认定为非法滞留，并受到处罚——这将意味着我将再也无法回到异星球。”

那里是他的故乡，有他的父母和家，还有他一直以来熟悉的一切。如果再迟迟无法回去，他就只能永远地和自己的过去告别。

“这样啊。”吕暖暖握住了他的手，“别担心，我会帮你回家的。”

归璨的嘴唇动了动：“谢谢，我不知道该怎么报答你。”

“跟我哪里用得着那么客气。”吕暖暖向他眨眨眼，“你要真的想报答我，等你回到异星球后告诉你的同胞们，我们地球人根本没有乱抓外星人泡酒就行了。”

归璨也笑了："嗯，我会告诉他们的。"

所有的异星人，包括曾经的他，都认为地球人冷血无情、野蛮可怕。

但他现在明白了，地球人并不是这样。至少，不是所有的地球人都是这样。

比如她。在这世间，在这宇宙，再也找不出第二个比她更温柔可爱，比她更值得爱的人了。

这时候，吕暖暖像是突然想起了什么："等一下，我还有最后一个问题。"

她突然变得忸怩，又是清嗓子又是东张西望："那个……你之前说喜欢我……是……是不是真……"

吕暖暖磕磕巴巴地说了半天也没把这句话问清楚。归璨却听懂了，这一次他没有遮掩自己的笑容，嘴角微微扬了起来。

这个笑容让吕暖暖没来由地失了底气。哪怕相处了这么久，她对归璨还是知之甚少。原来一直以来，他的面无表情是假的，他的机器人身份也是假的。那他的告白呢？之前他说喜欢自己，会不会也是假的，是为了掩饰身份才撒的谎？

想到这里，吕暖暖有些恼羞成怒，瞪了归璨一眼："你笑什么笑！"

"如果你想再听一遍。"归璨笑眯眯地看着她，"是的，吕暖暖，我爱你。"

吕暖暖的脸瞬间就变得更红了。

她这个反应被归璨看在眼里，归璨也猜到了她的心思："谢谢你也喜欢我。”

“谁……谁喜欢你啦？”吕暖暖像是奓毛的猫，一下子跳了起来，直接把在旁边正躺着的奶茶吓得同样跳了起来，“我我我……我还一句话都没说呢！”

归璨的笑容变得更深了。他站起身来，走向吕暖暖：“暖暖，你知道吗？地球人比异星人体温更高，所以……”他贴近了吕暖暖滚烫的脸，“所以地球人脸红起来也更加明显。”

“我才不是因为喜欢你才脸红的呢！”吕暖暖极力否认，“我只是……我只是不习惯你叫我暖暖……”

这也不算她说谎。一直以来，归璨都规规矩矩地称呼她为主人。现在他冷不丁地直接叫她“暖暖”，她一下子有点儿适应不过来。

归璨认真地想了想：“要不然我再叫你‘主人’？”

“别，千万别！”吕暖暖连忙制止，“大家都是同志，你这句‘主人’算是什么剥削阶级的称呼啊！”

而且你在大街上用这个称呼，不知道的人听到之后很可能会产生什么奇怪的误解啊！

哪怕归璨仍旧是归璨，但外星人和机器人的差别实在是太大了。她能心安理得地剥削一个机器人，但绝对没有道理去压榨一个活生生的外星人。

归璨问：“那我以后应该叫你什么？”

“暖暖就好。”吕暖暖说，“以后你就和蒋谦修他们一样，叫我暖暖吧。”

“蒋谦修”这个名字一出现，归璨就撇了嘴，表情不悦。

这么明显的表情，吕暖暖怎么可能会看不到：“怎么了，蒋谦修惹你了？”

归璨酸溜溜地开了口：“他喜欢你，对吧？”

这下倒是吕暖暖没料到了：“你是怎么知道的？”

真奇怪，她应该没跟归璨提过这件事才对啊？

“你啊。”归璨无奈地笑了，“我喜欢你你就不知道……幸亏他喜欢你，你也迟迟不明白。”

吕暖暖“嘿嘿”地笑了：“怎么，你还吃醋啊？”

“对啊，我吃醋，而且吃醋吃得不得了。”归璨十分坦诚，“所以，暖暖，既然我对你的称呼都已经改了，你对我的称呼是不是也应该改一改？”

吕暖暖有些意外：“你想让我叫你什么？”

归璨摆出认真的神情：“哥哥。”

吕暖暖一蒙。

这个家伙还真的是在吃蒋谦修的醋，而且他这一坛子醋都酸过头了！

“哥……”吕暖暖觉得好气又好笑，“我叫你哥哥，你不觉得别扭吗？我自己都觉得别扭！”

情侣之间用“哥哥”这个字眼，实在是有太多撒娇的成分在里面了，她实在是拉不下自己这张老脸。

归璨还在坚持：“怎么，你能叫蒋谦修哥哥，就不能对我叫哥哥？”

那能一样吗？她喊蒋谦修“哥哥”是从小喊到大的！

见吕暖暖还在犹豫，归璨就更吃醋了，态度也变得强硬起来：“我不管，我就要听你叫我哥哥。”

竟然用的是一副小孩子撒娇的口吻。

吕暖暖被他磨得没了办法，只能硬着头皮梗着脖子，从嗓子里硬挤：“哥……哥……”

归璨也神色紧张地盯着她的嘴，自己也不由自主地随着她张开嘴，做出了“哥”这个字的口型。

“哥……”吕暖暖实在是没办法喊出口，“算了，我先去给你做饭，下次再说！”

吕暖暖说完就一溜烟跑了。归璨愣了愣，不由得笑了。

上次吕暖暖给蒋谦修做了一顿饭，他吃醋了好几天。看来吕暖暖也想起了这件事，这是在给他补偿呢。

吃醋是一种很幼稚的行为，他心知肚明。可只要吕暖暖在自己眼前，他就会抑制不住产生这种情绪。但幸运的是，她总算属于自己了。

归璨这么想着，就微笑着拿起遥控器，打开了电视。

之前一直都是他在伺候吕暖暖，可他现在是伤员，还是吕暖暖的男朋友，自然要理所当然地享受这份来之不易的贴心照顾。

电视上正在播新闻：“……日前，一位登山游客在野外进行徒步登山时意外发现了一件大型不明物体。这件造型奇特的物体到底是什么，到现在还众说纷纭。有专家甚至推测，这是外星来客遗留在此的飞行器……”

画面一转，荧幕上就出现了那件大型不明物体的影像。物体四周围满了人，正在对着它指指点点。

等归璨看清那是什么，不由得愣住了。

电视上的旁白还在继续：“……这件不明物体已移交到了研究所，交由科研人员鉴定。后续有关消息，本台将持续跟进报道。”

这时，吕暖暖从厨房里探出头来：“归璨，你想吃什么？”

她喊了一声，归璨却置若罔闻，一动没动。

她觉得奇怪，干脆走出来：“归璨，你看霸道总裁看上瘾啦？”

归璨终于回过头来，表情却有些不对。吕暖暖看了一眼，心里立刻有个不安的猜想：“这个东西，难道是……”

归璨无奈地点头：“对，就是我丢在山里的星际飞船。”

电视屏幕上还在继续播放着画面。几辆车停在了飞船附近，车辆停稳，从车上走下几个人。

画面的下方标注着“专家现场勘查”。

因为人多，画面显得有些杂乱，但在攒动的人头之中，吕暖暖还是一眼就认出了一个熟悉的身影。她抬起胳膊：“那不是……”

那队专家平均年龄都不小，一个个白发苍苍，满脸沟壑，却是由一个年轻人带头的。他拨开人群，挤进重围，连一直拉着横条戒备着人群的安保人员在看见他之后也毕恭毕敬地自动收起了横条，让他靠近飞船。

那个年轻人吕暖暖和归璨自然都认得。

蒋谦修。

“慢一点，向左，左……OK，放！”

一件巨大的不明物体正被起重机高高吊起，蒋谦修站在不远处，指挥着操作员将它轻放到一个圆形的台子上。

这里是距离发现飞船地点最近的科研所。不明物体的发现轰动了社会各界，这件巨大的不明物体被小心翼翼地送到了科研所，等待着科研人员的进一步鉴定。

几乎所有有头有脸能被叫得出名字的相关科研人员都被召集到了这里，蒋谦修也不例外。他专攻人工智能领域，本身也是机械专业的专家，精通的不只是机器人。

不过即便如此，他也猜不透这件不明物的来历：“艾布纳博士，您觉得这个东西应该是个什么？”

这个东西造型奇特，连入口都找不到。他们已经用设备进行了扫描，但它的制造材料特殊，就连声波也无法穿透它。看来如果不把它剖开探究，谁也搞不懂它的内部结构。

站在蒋谦修身边的，正是吕聿怀的旧交艾布纳博士：“很多人都说它是外星来客驾驶的飞船。”

蒋谦修回答：“那只是猜测，不是吗？”

艾布纳反问：“蒋，你不相信有外星人的存在吗？”

“宇宙浩瀚无边，既然在这个世界上有这么多的星球，那么存在着外星智慧生物也不奇怪。不过我没有亲眼见过。”蒋谦修又上前几步，仔细端详着这个来历不明的东西，“我只是觉得，如果这个东西真的是外星飞船，那么它的体积和吨位未免也太小了点。它用什么燃料做动力？这些燃料被放在了哪里？以现有的能源燃料来看，即便是它整个内部都充斥着燃料，也很难支撑它在宇宙中自由航行。除非……除非外星人掌握着我们想象不到的科学技术。”

如果真的是这样，那就说明眼前这个东西所属的文明已经达到了高度的发达。也许他引以为傲的那些所谓“先进技术”在外星人眼里不过只是小孩子在过家家。

蒋谦修还没来得及感叹，艾布纳就又开了口：“可我相信它就是外星人带来的飞船。蒋，我们也许正在接触一个未知的文明。”

他的眼角布满深壑的皱纹，眼珠也因为上了岁数而变得有些混浊，可他的眼神却熠熠发光。

“蒋，现在摆在我们眼前的是一个巨大的宝矿。”艾布纳激动地说，“一个蕴藏了许多我们还不掌握的科学技术的宝矿。”

“话是这么说不假，可是我们无从下手啊。”蒋谦修有些头疼，“我们已经用了很多种扫描仪器了，可是没有一个能够探测到它的内部结构……”

“那就把它拆开吧。”艾布纳打断他。

蒋谦修犹豫了：“可是我们对它还一无所知，如果切开，很有可能会对它的内部结构造成伤害，而且这种伤害只凭我们可能很难修复。博士，我们这样是在冒险。”

如果这个东西真的是宇宙飞船，那么在贸然拆卸之后，它很有可能会完全报废。要是真的变成这样就太可惜了。

“在科学研究中，风险在所难免。”艾布纳一意孤行，“讨论到此为止。蒋，虽然你是领队，负责人却是我，我才是这支研究队伍真正的主管。”

话已至此，蒋谦修也没办法再违背他：“是……”

得到指令的蒋谦修制订好了初步的拆卸方案。他拿着图纸向技术人员叮嘱：“这个下面藏着核心部件的概率最小，你就从这里开始切割，下手轻点儿，慢些也不要紧，我会想办法尽快说服艾布纳博士，争取能用别的非破坏性手段来研究它……”

蒋谦修正和技术人员交代着注意事项，他兜里的手机就响了。蒋谦修把图纸交给技术人员，然后掏出手机看了一眼。看到屏幕上的“暖暖”两个字，他有些意外。

自蒋谦修向吕暖暖告白以后，吕暖暖就再也没有主动联系过他。不管这次她打电话来是为了什么，他都觉得有些受宠若惊。

“喂，暖暖。”

“谦修哥哥……不，蒋谦修。”

这么久过去了，她偶尔还是会遵从自己多年来的习惯，把“哥哥”两个字脱口而出。可每次她都会猛然想起，然后生生改口。

看来二十几年沉积下来的固定印象是很难突然转变过来的。蒋谦修的“哥哥”身份早已在吕暖暖心里根深蒂固，哪怕他强硬地要求她改口。称呼容易更改，可内心的想法呢？

“蒋谦修，归璨他回来了。”吕暖暖说，“谢谢你这些日子来一直都帮我找他。”

“我就说他一定没事的，让你不要太担心嘛。”蒋谦修笑了，“你也不用客气，你的忙，我当然是要帮的。”

吕暖暖有些支支吾吾：“其实这次我打电话来，除了想告诉你归璨已经回来了，还有另一件事想拜托你帮忙……以朋友的身份，我有一件事想麻烦你，可以吗？”

蒋谦修听到这话后暗自叹了一口气，却强打着精神装出一副无所谓的口吻：“好啊，什么事？”

吕暖暖并没有听出他是在故作轻松：“这件事有点棘手，一时半会儿很难说清楚。蒋谦修，你什么时候有空，我想请你来我家商量。”

蒋谦修不假思索：“那我现在就去你家。”

“现在？”

“对。你现在没空吗？”

“不是不是，我当然有空。”吕暖暖立刻否认，“可是现在是上班时间，不会耽误你的工作吗？”

蒋谦修笑了：“你以为我知道你碰见了麻烦，还能当什么都没发生安心工作吗？你在家里等着，我马上就过去。”

蒋谦修果然很快就赶了过来。

替他开门的是吕暖暖：“请进。”

蒋谦修一进门，就看到归璨正站在屋里，向他笑了一下。

那个笑容实在是太过自然逼真，蒋谦修不由得吓了一跳。

“请坐。”吕暖暖招呼他们坐下，“蒋谦修，这次请你过来，我想告诉你三件事情。”

蒋谦修坐到了吕暖暖和归璨对面的沙发上，点了点头。

“第一件事。”吕暖暖的脸有些发红，“我已经和归璨在一起了。”

蒋谦修一怔，愣愣地看了看吕暖暖，又愣愣地看了看归璨，露出一副哭笑不得的表情。他指了指归璨：“暖暖，他是一个机器人……”

“这就是我要跟你说的第二件事情。”吕暖暖连忙说，“归璨他不是机器人。”

坐在吕暖暖旁边的归璨也认真地点了点头。

蒋谦修被气笑了：“那你说他是什么人？”

吕暖暖回答：“他是外星人！”

蒋谦修向前伸直了手臂想要去摸吕暖暖的额头：“暖暖，你是不是发烧了？”

吕暖暖躲开了他的手：“我很清醒！”

她一把将归璨拽了过来，让他侧了侧身子，背对着蒋谦修。当着蒋谦修的面，她把归璨宽松的上衣拉了上去，露出了他的脊背。

归璨的后背还绑着白色的医用绷带，上面还沾有已经干涸的深褐色血迹。

“看清楚。”吕暖暖认真地对蒋谦修说，“他是一个有血有肉的人，不是什么用零件拼凑起来的机器人。”

归璨并不习惯把自己的身体暴露给外人。吕暖暖一松手，他就立刻把自己的衣服拉了回去。

“我是来自于异星球的异星人。”拉好衣服之后，归璨对蒋谦修解释道。

蒋谦修目瞪口呆。半晌之后，他才回过神来：“不对……不对不对不对，你说你是外星人……你要怎么证明自己是外星人？”

吕暖暖指了指归璨的后背：“这样还不能证明？”

“这顶多只能证明他不是机器人，不能证明他是外星人。”蒋谦修明显是受到了巨大的冲击，“什么异星球……暖暖，这么扯淡的话你也相信？他根本就是个来历不明的可疑分子！”

归璨并不急着辩驳。他看了看蒋谦修，蒋谦修就感觉自己在瞬间失了重，身体莫名其妙地悬浮到了半空：“哎……哎？怎么回事？”

“异星人拥有很多地球人没有的超能力，控制物体只是其中的一项。”吕暖暖替归璨耐心地向蒋谦修解释，“现在你可以相信归璨了吧？”

蒋谦修的适应能力显然没有奶茶强，飘浮在空中的他惊慌到手足无措：“我信了我信了，快放我下来！”

失重的感觉会让人莫名地失去安全感。蒋谦修在空中胡乱扑腾了半天，却什么都抓不住。吕暖暖看出他害怕了：“归璨，你把他放下来吧。”

“不。”归璨却摇了摇头：“他还没完全信任我。”

他哪里是因为蒋谦修不信任他，他明明就是找了个借口公报私仇。如果他想向蒋谦修证明自己的超能力，大可以随便找一个小东西来让它悬浮起来，比如茶几上的茶杯，比如电视机旁的盆栽，甚至是趴在沙发上正睡觉的奶茶。可他偏偏挑了蒋谦修这么个大活人来当道具。

之前他在蒋谦修这里吃足了醋，这些账他一直在心里默默记着，现在总算让他抓到一个发泄的机会。

连归瑧自己都没料到自己居然是个这么小心眼的人。

想到这里，归瑧干脆给蒋谦修加了码，让他本来就摇摇晃晃的身体在空中转起了圈。

蒋谦修平日里风度翩翩，眼下却被吓得脸色发白："怎么回事？怎么突然转起来了？贵财，我相信你，你放我下来！"

"他都说他相信你了。"吕暖暖替蒋谦修求情，"而且他现在那么害怕，你赶紧把他放下来。"

吕暖暖不替蒋谦修求情还好，她一开口求情，归瑧更是酸到掉牙。

"我偏不。"他贴近了吕暖暖的耳边，"你越关心他，我就越要让他吃苦头。"

现在他终于熬出了头，摆脱了机器人身份的限制，连醋都可以光明正大地吃了。

吕暖暖终于明白了他的意图："归瑧，你幼不幼稚啊？这都什么时候了，你还在这里吃干醋？"

归瑧权当没听到，自顾自地吹起了口哨，权当什么都没听到。

眼看来硬的不行，吕暖暖只好给他来软的，向他撒娇："归瑧，你就放他下来嘛，你最厉害了。"

归瑧虽然还吹着口哨，眼神却开始不住地往吕暖暖身上瞟，嘴角也漾出偷笑。

看来是自己那句“你最厉害”成功地拍到了他的马屁，还真是个吃软不吃硬的家伙。吕暖暖“啧”了一声，又摆出笑脸，挽住了归璨的胳膊：“人家喜欢的明明是你，你何必吃别人的醋呢？”

听到这句话，归璨忍不住咧嘴笑了，可他很快就收起了笑容，露出一张毫无表情的脸:“你别以为说两句好听的,就能随意摆布我。”

真是装机器人装上瘾了，这副面无表情的样子还真是让人看着就来气！吕暖暖抬头看了一眼，发现蒋谦修已经停止了哀号，好像已经进入了眩晕状态。

也是，正常人遇到这种情况早被吓蒙了。

眼看蒋谦修坚持不了多久了，吕暖暖只好一咬牙一跺脚，极力挤出撒娇的口吻：“哥哥，你放他下来嘛！”

本来看热闹正看得开心的归璨，在听到这两个字之后突然愣了下来：“你在叫我？叫我什么？”

吕暖暖露出天真无邪的笑容：“哥哥，我叫你哥哥，归璨哥哥。”

归璨张大了嘴，一脸的震惊。

一直以来，他都想听吕暖暖这么称呼自己。“哥哥”这两个字在地球上是指同辈亲属中年纪更长的男性，也是一种情人之间的暧昧称呼。之前吕暖暖总是这么称呼蒋谦修，已经让他不爽很久了。

如今他终于听到了自己心心念念的这个称呼，表情就再也控制不住，愣在原地。

归璨这么一愣，原本控制着蒋谦修飘浮的念力也就突然消失了。

蒋谦修“啊”地惨叫一声，从半空中直接掉到了沙发上。

可是归璨根本没有心思去管他：“你刚才……叫我哥哥？”

吕暖暖点了点头。

“那……”归璨急切又期待地望向她，“以后你都叫我哥哥，好吗？”

吕暖暖突然收起笑容，还向他翻了个白眼：“你想得美！”

你这头吃软不吃硬的倔驴，居然还要老娘撒娇来哄你！

归璨委屈地瘪了瘪嘴。

吕暖暖转过身去找蒋谦修：“蒋谦修，你没事吧？”

蒋谦修惊魂未定，揉了揉自己的腰，坐了起来：“我没事……”

原本他飘浮得就不高，再加上有沙发接住了他，他也没伤到哪里，不过倒是被结结实实地吓到了。

诡异的事情一件接着一件，先是吕暖暖告诉他她跟归璨在一起了，然后她又告诉他归璨是个外星人，最后归璨又让他飘到了半空。这三件事要是放在平时，哪一件告诉他他都不会相信，可是到了现在，这三件事不仅都发生了，而且还是同时发生的。

这实在是太不科学了，让他一时间根本无法接受。

蒋谦修半躺在沙发里缓了缓，又喝了一杯吕暖暖递过来的水，大脑才逐渐开始恢复运转。

吕暖暖看蒋谦修这副样子，不由得有点担心：“蒋谦修，你还好吧？”

“我没事。”蒋谦修回过神来，“你不是说有三件事要告诉我吗？

第三件事是什么？”

“第三件事……”

吕暖暖拿出自己的手机，在相册里翻出一张照片。那是她从新闻视频里截到的图。

“这个东西，你应该已经见过了吧。”

那张照片上的东西是归璨的飞船，蒋谦修当然认得：“这个东西，难道是……”

他下意识地抬头看了看归璨，归璨也向他点头：“对，那是我的飞船，或者叫飞行器、航空器，随便你怎么称呼。”

蒋谦修再次愣住了：“怎么可能！我问你，你所说的异星球距离地球有多远？”

“异星球离地球有数十万光年。”归璨回答，“它在银河系之外。”

“数十万光年，银河系之外！”蒋谦修情绪激动，“就凭你那飞船的大小和吨位，即便是整个飞船全部用来装燃料，也不足以支撑它飞到地球！”

“那是因为你们地球人掌握的科学技术水平极其有限，还不能理解一些你们尚未发现的简单原理。”归璨淡然开口，“你所说的功能问题，只需要一个小小的阿尔法元件就能解决——而我的飞船暂时故障无法起飞，我滞留在地球，也是因为导航系统的阿尔法元件遭受了损坏。”

蒋谦修不明就里：“阿尔法元件？”

这时候，吕暖暖已经从卧室拿出了爷爷留给她的那个孔明锁：

"就是这个。归瓈他所说的阿尔法元件就是爷爷留给我的这个东西。只要我把孔明锁解开，归瓈就可以回去了——我们原本是这么打算的，可是归瓈的飞船却被人发现，还被移交到了科研所。蒋谦修，现在只有你能帮我们了。"

蒋谦修终于明白了她的意图："你们是想让我，帮你们把飞船从科研所里'偷'出来？"

归瓈和吕暖暖一起点了点头。

"把这么大一个东西'偷'出来……"蒋谦修想了想，"谈何容易啊。现在有多少人对这个东西感兴趣，多少双眼睛盯着它，我——"

原本蒋谦修想说的是推辞的话，可当他看到吕暖暖期待的眼神时，就把后面的话咽回了嘴里："我尽力吧。"

爱她已经成了一种习惯。哪怕她注定不属于自己，可只要是她的请求，他就无法回绝。

即使爱情修不成正果，但他们总归是家人。就算他再不甘心，可他分得清事情的轻重缓急，知道自己现在该做些什么。

"那么说来。"蒋谦修顿了顿，他指了指吕暖暖手里的孔明锁，"你要先把这个孔明锁解开，拿出里面的那个什么阿尔法元件，飞船才能启动？"

归瓈点头："是。"

"那在拿到阿尔法元件之前，飞船最好还是放在研究所。"蒋谦修建议，"这个东西实在太大太显眼了，即便是想办法运出去，也没有地方能放它。如果运出去之后再被别人发现，可能就会被运往别的研究所，由别的科研人员接手负责，还要加强戒备。到时候连我也帮不上忙，那事情就变得更棘手了。”

蒋谦修的话中肯在理，归璨再次点头，接受了他的提议。

“不过你们最好动作快一点儿。”蒋谦修又想起了让他头疼的那件事，“艾布纳博士下令要把飞船拆卸掉，研究里面的内部构造。我已经劝过他了，可他根本不听劝阻，而且他还是整个研究项目的负责人，拥有绝对的领导权……我会想办法拖慢拆卸进度，但你们还是要抓紧时间，明白吗？暖暖，这个孔明锁是老师留给你的礼物，我想老师一定有他的安排，肯定希望由你来解开。你肩上的担子不比我轻松。”

吕暖暖立刻坐直了腰背：“我明白，我会努力的。”

她知道自己算不上聪明，不能像爷爷那样很快地解开孔明锁，但她愿意试试。

“还有一件事。”归璨插了话，“我需要一条轨道来发射飞船。”

发射飞船并不是一件简单的事。飞船并不能凭空冲出宇宙，而是必须要有一条轨道来借力增加加速度。

这个道理蒋谦修当然知道，他点了点头：“我明白。我会帮你想办法。”

归璨看了他几秒：“谢谢。”

“还有别的需要我帮忙的吗？”

归璨摇了摇头：“没有了。”

“既然你的问题都解决了——那么，我还有最后一个问题。”蒋谦修的目光落到归璨的身上，“你是真心喜欢暖暖的，对吗？”

听到他这么问，归璨反而笑了：“我对她的爱，并不比你对她的少。”

“那就好。”蒋谦修也笑了，他站起身来，向门口走去，“你这个人没什么好的，就只有一个优点——选女人的眼光好。”

吕暖暖叫住他：“蒋谦修，你现在就要走啦？”

“是啊，”蒋谦修回了头，“我回去替你们照看飞船去了，你们也要加油，尽快拿到阿尔法元件。”

吕暖暖连忙说：“那我送送你？”

“不用送了。”蒋谦修故作潇洒地扭过头去，挥了挥手，“我失恋了，想一个人静静。这是我最后能坚持的帅气了，你再跟过来，我就要忍不住哭出来了。”

那个背影的确潇洒又帅气，可是不知道为什么，看起来又有点儿落寞。

第十章

男朋友使用指南

NAKEXINGXING
WENGUOWO

深夜。

难得的休息日，吕暖暖却仍在熬夜，她正坐在床上摆弄孔明锁。孔明锁是一种益智玩具，坏就坏在“益智”这两个字上。吕暖暖虽然是吕聿怀的孙女，却没遗传到吕聿怀的智商。她已经解了很久了，但也只解开了最外面的几块零件。但她不想放弃，她就不信了，她还能解不开这个小小的锁！

吕暖暖并不擅长动脑。长时间地集中精神让她困顿起来，她打了个哈欠，眼角流出了眼泪。

卧室的门被轻轻推开，归璨趴在门缝上探头探脑地看了她一眼：

“还没睡？别解了，先休息吧，你已经解了一天了。”

“没关系。”吕暖暖摇摇头，“我不累。”

归璨已经在地球上停留了太长时间。现在他是以“非法滞留”的身份留在她身边的，如果不想办法尽快修好他的飞船，让他尽快回到异星球，那么他可能就永远无法回去了。

可她的话刚落音，就立刻又忍不住打了一个大大的哈欠。

归璨忍不住笑了。他走进来，坐到吕暖暖身旁。

“你不用为了我那么辛苦。”归璨凑到她的耳边轻声说，“我会心疼的。”

吕暖暖原本困得不行，可归璨贴她贴得这么近，还用这样的口吻在她耳边对她说这样的话，这反倒让她清醒了：“我……我去洗把脸！用凉水洗完脸就不困了！”

她嘴上是这么说，心里想的却是用凉水洗下脸她的脸就不用红得这么明显、这么丢人了！

吕暖暖猛地站起身来，归璨却比她反应更快。他伸出手来，用手掌覆住了她的眼睛，胳膊一用力就把她拉回到了床上。吕暖暖猝不及防，直接后仰着倒了下去。

归璨接住了她，又让她枕在自己的腿上：“累了就歇歇吧。”

他的手没有移开，一直轻轻覆盖着她的眼睑。吕暖暖在一片黑暗中反而变得安心了，身体也放松了下来。

说不累，那是假的。她不是天才，甚至连聪明都算不上，爷爷极为擅长的数学和魔方对她而言都是很难的东西。

可她偏偏是吕聿怀的孙女。就因为这个原因，从小到大大家都对她抱有极大的期待。邻居会夸她“神童”，推荐她去参加魔方竞速比赛。学校也对她寄予很大的期望，信誓旦旦地对吕聿怀说学校不会浪费吕暖暖这棵好苗子，一定会培养她去参加奥数比赛。

吕暖暖知道自己不是这块料，但又不想辜负大家的期望，只能逼迫自己去做自己不擅长的东西。她强迫自己去钻研奥数，又强迫自己去玩魔方，希望自己能成为大家期望中的样子。

在这个时候，唯一劝她放弃的人却是她的爷爷，吕聿怀。他对她说：“暖暖，不要强迫自己去做自己不擅长和不喜欢的事情。做不喜欢的事情会让自己很累的——累了就歇歇吧。”

“累了就歇歇吧。”这是真正关心你、了解你的人才会对你说出的话。

可是当初的吕暖暖并没有把这些话听进去，那个时候的她正和自己赌气。吕聿怀见状，就对她说：“这样吧，爷爷跟你打个赌。爷爷这里有个孔明锁，如果你能在十分钟之内解开它，爷爷就不再反对你。”

她问：“什么是孔明锁？”

“孔明锁啊，是一种很好玩的玩具。”吕聿怀开始向她演示，“你看，只要这样，这样，再这样……就能轻松把它解开。”

吕聿怀特意放慢了解锁的动作，但还是只用了短短不到一分钟的时间。看到爷爷玩得如此轻松，她二话不说就答应了。可才过了两分钟她就后悔了。

在爷爷手里似乎简单得不能再简单的孔明锁，在她手里却成了一块死气沉沉的木头，任凭她连抠带扯都没办法将它解开。

十分钟很快就过去了，她当然没有赢得比赛。吕聿怀看了看自己腕上的手表：“时间到了，暖暖，你输了。”

连她自己都没想到，她玩上了瘾，意犹未尽：“再等我一下啦！我很快就解开了！”

吕聿怀只是笑着看着自己的宝贝孙女，一直等到差不多一个小时之后，她才终于把那个并不复杂的孔明锁完全解开。

在她欢欣雀跃时，吕聿怀缓缓开口，问：“孔明锁好玩吗？”

她猛点头：“好玩！”

吕聿怀又问：“你知道为什么你玩孔明锁的时候那么开心，玩魔方的时候却不开心吗？”

这个问题让她始料未及。她愣了愣，然后摇了摇头。

“因为你不是为了开心才去玩它的，你是为了别人的看法才去玩它的。”吕聿怀说，“孔明锁很好玩，魔方和奥数也很好玩。可是一旦你强迫自己去玩它们，它们就变成了你的负担。如果你是为了好玩，爷爷当然不会反对你去做能让你快乐的事。你喜欢唱歌，喜欢在学校里当小主持人，喜欢登台表演，那就去做你喜欢做和擅长做的事情。你是你，不是爷爷，你不必强迫自己变得和爷爷一样。爷爷希望自己能做你的榜样，却不想成为你的模板。暖暖，你要做独一无二的吕暖暖，而不是下一个吕聿怀，明白了吗？”

小小的她似懂非懂，只是听话地点了点头……

想起曾经的往事，吕暖暖突然重重地叹了一口气。

她似乎有些明白爷爷为什么要选择孔明锁来做密码了。她有一个好爷爷。她的爷爷不仅爱她，更懂得如何去爱她。

在过去的二十多年里，爷爷一直都是这个世界上最爱她的人。所以当爷爷离世之后，她才那么伤心和手足无措。

归璨察觉到了吕暖暖的异样，拿开了自己的手："怎么了？"

"没什么。"吕暖暖笑着摇了摇头，既然爷爷希望她今后都快快乐乐的，她就不会那么容易悲伤起来，"归璨，我要问你一件事情。"

"什么事情？"

"如果你回到了异星球……"吕暖暖看着他的眼睛，"你还会回来吗？"

归璨一怔："你这是什么傻问题。有你在这里，我当然会回来。我只要回去办好了相关的手续，能合法地留在地球，就能长住在这里。"

到时候，他不仅能够长住在地球，还能随时回到异星球。这样，他就不必割舍自己的故乡和父母。

这是他能想到最合适的选择。

吕暖暖却嘟起了嘴："可是异星球离这里这么远呢。万一你回去之后不想再回来了怎么办？万一你回去后直接把我忘记了怎么办？再万一，你回去之后觉得来一趟地球太麻烦，干脆不理我了怎么办？"

归璨哭笑不得："你怎么有这种稀奇古怪的想法？"

“没办法。数十万光年的距离实在是太远了。”吕暖暖干脆抱住了他，“咱们之间可真的隔着银河呢，和牛郎织女一样。”

“不会的。”归瓈回答，“只要这里有你，不论相隔多远，我都会回到这里。”

如果是你，不辞万里。

听到这句话，吕暖暖总算安下了心。她在归瓈的怀里缩了缩，终于抵挡不住困意，慢慢睡着了。

“艾布纳博士。”蒋谦修在科研所找到了自己要找的人，“我有件事想和您商量，请问您方便吗？”

听到蒋谦修这么说，艾布纳就知道他的这个学生一定是有重要的事要跟他商量。他打开了自己办公室的门：“进来吧，蒋，我们坐下来慢慢谈。”

他招呼着蒋谦修坐：“用你们中国人的话来说，你这叫‘无事不登三宝殿’。”

蒋谦修笑了：“没想到博士您对中国文化还挺有研究。”

“原本我对中国文化并不怎么感兴趣，可是吕聿怀这个中国名字出现在了很多国际奖项的颁奖典礼上。”艾布纳说，“在此之前，这些奖项几乎是由欧美人和日本人垄断的。这时候我才发现，中国也有天才，而且是没有人能够超越的天才。”

“是啊，我也很为吕聿怀老师骄傲。但老师他也嘱咐我，现如今国内的基础还很差，如果有机会最好还是到外国进修几年，我才辗转来到了老师您的麾下。”提起吕聿怀，蒋谦修不由得陷入了回忆，但他很快回了神，“博士，您好像对吕聿怀老师也有很深的感情？我原本还以为你们的私交并不是很多。”

艾布纳回答：“我们私下的交流的确没有很多，只有寥寥数次。可是吕聿怀这个人实在是太难让人忘怀了——蒋，你还年轻，可能还没有这样的感受。如果你一直都是行业中的佼佼者，领军人，无人质疑的第一。在这个时候，你的人生中突然出现了这么一个任凭自己怎么努力也无法超越的人，自己只能屈居第二的时候，你也会觉得那个人很难忘。不说这个了，蒋，你来找我，到底是有什么事？”

话题切入正题，蒋谦修正襟危坐：“是这样的，这次我来找您，还是想和您商讨一下那个从山上发现的不明物体的事情。”

艾布纳瞬间就明白了他的来意：“你还是想说服我，不要对它进行拆卸？”

“是的。”蒋谦修点头，“而且我这次带来了新的理由来说服您。”

“说来听听。”

“如您所料，它真的是一艘外星飞船。”

这下反倒是艾布纳愣住了：“蒋，你是怎么得出这个结论的？”

蒋谦修坦言：“因为我认识它的主人。艾布纳博士，这艘飞船来自数十万光年之外的异星球，那里的科技要远比地球发达。”

艾布纳愣了愣，一脸不敢置信地望着蒋谦修。

“我也知道这些话会让人觉得不可思议……”蒋谦修不好意思地笑了笑，“可飞船的主人，他是我的朋友。”

震惊的艾布纳回过神来：“你认识外星人？”

“您是我的恩师，我不想隐瞒您。”蒋谦修对艾布纳实话实说，“您还记得您之前见过的那个叫吕暖暖的女孩子吗？她是吕聿怀老师的孙女。”

艾布纳点头：“当然记得。”

“那个外星人是吕暖暖的朋友……或者说，是她的男朋友。”蒋谦修说，“所以我是为了吕暖暖在央求您。艾布纳博士，我以私人的名义请求您，希望您能帮我这个忙。”

艾布纳却对归璨起了兴趣：“你说的异星人，他们是一种什么样的存在？”

“异星人在外貌上和地球人极其相似，但他们拥有很多地球人没有的异能，还掌握着地球人根本无法想象的科学技术。”

蒋谦修说着，就想起了归璨提起过的“阿尔法元件”，进而又想到了吕聿怀。归璨曾说，吕聿怀成功地发明出了阿尔法元件，这意味着原本根本不入异星人法眼的地球科技已经逼近了异星球现有的科技水平。也许连吕聿怀本人都没有意识到自己发明出了一件具有怎样跨时代意义的珍宝。

“那个外星人因为遭遇了流星雨，飞船意外受损，迫降到了地球。要想修好飞船，就必须使用一种名为‘阿尔法元件’的东西。阿尔法元件似乎是一种科技含量很高的元件，而且在地球上似乎只有一件——吕聿怀老师发明出了它，并把它留给了吕暖暖。但这个阿尔法元件被锁进了孔明锁里，现在暖暖正在想办法解锁。”

“地球人根本无法想象到的科技……”艾布纳喃喃重复着这句让他十分在意的话，陷入了沉思。

蒋谦修没有察觉到艾布纳紧皱的眉头：“博士？艾布纳博士？”

在蒋谦修的多次提示下，艾布纳终于回了神：“蒋，你是我最喜欢的学生，吕暖暖又是我好朋友的孙女，这个忙我当然要帮。”

蒋谦修听到这句话后，终于如释重负地松了口气：“非常感谢您，博士。”

“不必客气。”艾布纳说，“但这件事我还是建议你暂时保密。外星文明一直是个争议度很高的话题，如果地球上出现了外星人这件事被坐实了并被公之于众，那么你的那位外星朋友很有可能会遇到不少麻烦，相信这也是你不想看到的吧？”

蒋谦修不疑有他：“那是当然。”

艾布纳的神情缓和下来：“好孩子。”

蒋谦修站起身来：“那么，我现在就去通知技术人员，先暂停拆卸。”

艾布纳却摇了摇头，也站了起来：“还是我亲自去吧。”

“这样的小事根本不用麻烦博士您……”

“蒋，你不用跟我见外。”艾布纳温柔开口，神态慈祥，“忙你的去吧，我去就好。”

蒋谦修郑重其事地向他鞠了一躬，以示感激。

艾布纳也回报蒋谦修以微笑，走出门去。

可身后的大门才关上，艾布纳脸上的表情就变了。

艾布纳的嘴角微微牵动，露出一个没有温度的笑容。他大步走到实验室，看了看被放在房间正中央的飞船。

飞船表面经历过了和大气层剧烈摩擦而产生的高温炙烤，变得有些发黑烧焦。但经过技术人员的小心处理之后，它已经褪去了烟熏的黑色，露出了原本的面目。

漂亮的银色金属光泽，优雅的曲线外形轮廓，还有坚不可摧的强度。这就是外星飞船，是凝结了地球人无法想象的科学技术的产物。

和艾布纳预料的一样，这是一座宝矿。拥有它，破解它，读懂它，他就能触碰到之前任何地球人都没有触碰过的科学高度——任何地球人，也包括吕聿怀在内。

他老了，已经没有多少时间能留给他去超越吕聿怀了。

在吕聿怀崭露头角之前，艾布纳一直是人工智能领域公认的天才。他从年轻时就习惯于做第一，享受众人的追捧和艳羡。在他的心目中，只有第一才能让人记住，但凡沦为第二，那都是可笑的失败者。

可是吕聿怀出现之后，他就变成了这个“第二”。

一开始，当他听到在自己一直称霸的领域出现了一个所谓的“天才”时，他的心里只有鄙夷和嘲笑，他不相信有比他更厉害的人。

可是他想错了。

吕聿怀一个人单枪匹马杀入了最顶尖的那个小圈子，并且成了其中的佼佼者。吕聿怀拿出的科研成果，获得了许多国际顶尖的奖项，连原本心高气傲的艾布纳在看到之后也只能自愧不如。

据说吕聿怀出生在一个普通的家庭，从小接受着普通的教育。就这么一个普普通通的人，却站到了科技的尖端。

嗅觉最灵敏的是媒体。当更有看头的吕聿怀出现之后，他们就摒弃了原本众星捧月的艾布纳，转而开始去报道这个原本名不见经传的年轻人。

这是艾布纳第一次感受到了失败和耻辱。他出身科研世家，父母都是顶尖的科研专家，从小接触的就是最尖端的科技，跟随的老师也都是些名号响亮的人物，再加上他天生的好头脑。然而从小就含着金汤匙出生的他，竟然被不知道从哪里冒出来的吕聿怀生生地压过了风头。

嫉妒出现之后，随之而来的就是愤怒和羞愧。他开始有意识地躲避吕聿怀，不愿意和吕聿怀面对面地接触。

可偏偏吕聿怀最仰慕的就是有才识的人。在当今的人工智能领域，除却吕聿怀自身，名头最响的就是艾布纳。吕聿怀对他仰慕已久，多次登门拜访之后，他再也推辞不过，只好和吕聿怀见了面。

出乎艾布纳的意料，吕聿怀比他想象的要更年轻。站在他面前的是一个样貌普通的年轻人，普通到丢在人群里就再也找不到。

他居然是被这么一个普通人打败的。

可是即便他再不甘心，他也要承认，他比不过吕聿怀。

吕聿怀对艾布纳热情非常，自顾自地就认定了对方是自己的朋友，常常与他探讨课题。在言谈之间，艾布纳经常会为吕聿怀天才的想法惊叹。

艾布纳原本以为，自己是世间绝无仅有的天才。可是现在看来，他连所谓“天才”的门槛都跨不进去。

他不服气。他当然不服气，他一直以来都自命不凡，不愿屈居第二，怎么甘心被吕聿怀踩到脚下？

这几十年来他一直在心里憋着一口气。哪怕只有一次，他也想赢过吕聿怀。

他开始有意选择和吕聿怀相同的课题，想要比吕聿怀做得更快更好。结果却是每次他才开始取得进展，吕聿怀那边就已经宣告成功了。

如此往复，结果就是，这几十年来他一事无成，只能生活在吕聿怀的阴影之下。表面上，他们是多年来的交心老友。可事实上，他却恨不得能把吕聿怀生吞活剥。

他恨吕聿怀。

哪怕吕聿怀已经去世了，他却仍然无法超越一个死人。吕聿怀取得的成就太高了，就算他赌上自己所剩不多的余生，也无法做出一个能超越吕聿怀的课题。

艾布纳原本已经心灰意冷，以为自己要抱憾而终。没想到，上天却又给了他一次机会。

异星球拥有着高度发达的文明。在异星人的眼中，所谓的地球上的“顶尖科技”只是一个蹒跚学步的婴儿。异星球与地球之间，相差着无数个时代——即便天才如吕聿怀，也无法打破时代带来的阻隔。

这就意味着，如果他能独占眼前这艘飞船，就能了解到过去地球人不敢想象的科技。运用这些技术，他就能够做出吕聿怀都做不出的东西，做到连吕聿怀都没能做到的事情。

哪怕这些科学技术是他偷来的——可只要谨慎行事，保守秘密，谁又能知道事情的真相?

想到这里，艾布纳眯了眯眼睛。

他的心里已经有了计划。

吕暖暖聚精会神地摆弄着手里的孔明锁。

经过连日来的奋战，这个孔明锁终于被她解了个七七八八，只剩下最后几个零件。

眼看胜利在望，但吕暖暖并不敢掉以轻心。这个孔明锁设计特殊，很多关卡都被设计得很刁钻。一旦解错，就要重新来过，麻烦得很。

吕暖暖不由得再次叹气。她的爷爷可真会折腾人，不光要考验她的智商，还要考验她的勇气和运气。

不过她运气不错，最后的这几步她居然没有出错。一个卡扣被拆下之后，其余的部件就哗啦啦地全掉了下来，露出了里面的小盒子。

看来那个小盒子就是自己需要的东西。

眼下孔明锁的零件只剩下一块，就横着插在小盒子的卡扣上，只要把它拿下来，就算是大功告成了。

吕暖暖愣了愣。幸福来得太突然，这让她自己都有些意想不到。她伸手试着去碰了碰最后的那块零件，那块零件就松动了，眼看就要掉下来。

看来这次是真成功了。

吕暖暖突然觉得自己的心脏快跳到了嗓子眼。她一把抄起这个小盒子，跑出门去："归璨？归璨！我解开了！"

最后这块零件，她想和归璨一起打开。这些天来，她忙着解锁，归璨也没闲着。虽然他插不上手，可他一直陪在身边，照顾她，鼓励她，陪伴她。

眼下归璨却不知道跑到哪里去了。吕暖暖觉得奇怪，问正趴在地上的奶茶："奶茶，归璨呢？"

奶茶懒洋洋地伸了个懒腰，眼睛却看向了厕所。

厕所的门是虚掩着的。吕暖暖顺着门缝看了一眼，就看到归璨正聚精会神地趴在马桶盖上，不知道在干什么。

算了，这家伙的脑回路和地球人不一样，做出这种诡异的举动也是正常。

吕暖暖蹑手蹑脚地走到他身后："你干什么呢？"

走近了，吕暖暖才发现归璨手里正拿着纸笔，好像在写什么东西。

归璨明显是没料到吕暖暖会突然出现，被吓了一跳，手忙脚乱地收起了手里的东西："你怎么来了？"

在他还在假装机器人的时候，他没事就喜欢往厕所里钻。这里是离吕暖暖的卧室最远的房间，换句话说，这里最适合做一些需要背着吕暖暖偷偷做的事情。

吕暖暖可没那么好糊弄。她一把把归璨手里的那张纸抢了过来："让我看看，你在偷偷摸摸地写什么见不得人的东西呢？"

归璨挠了挠头，语气有些害羞："情书。"

听到"情书"这两个字，吕暖暖反倒不好意思了："情书？"

"我在认真学习地球人谈恋爱的方式。"归璨诚实回答，"这是我在电视上看到的，地球人喜欢用写信的方式向自己喜欢的人表达爱意，所以我也想写一封。"

因为喜欢她，所以就想为她做遍这世上浪漫的事情。

"我还在修改。"归璨越发不好意思，"我对地球上的文字还不了解，也不知道情书应该怎么写……我觉得我写得不好，原本我是想改好之后再给你看的。"

吕暖暖"扑哧"一声笑了。她展开纸张："得啦，我又没打算嫁一个文豪。我看看你写了什么……'男朋友说明书'？这是什么东西？"

"对。"归璨说，"我想重新向你介绍一遍自己——不是以机器人的身份，而是以男朋友的身份。"

吕暖暖想起了之前，当她误以为归璨是机器人的时候，就经常在他面前念叨："这个老头儿，也不记得给我留个说明书，谁知道这个机器人应该怎么用？"

看来归璨就是受了这句话的启发，才写了这么个东西出来。

原本这只是她无心说出的话，没想到她说的每句话他都记得。

他是真的在意她的。他能记住她说过的每一句话，哪怕这句话是无心的，但在他这里也能得到回应。

吕暖暖抿嘴偷笑，继续向下看了下去。

那封信是这么写的——

男朋友说明书

产品名：归璨

产地：异星球

保修期：永远

我是一个可以不断更新完善功能的男朋友，目前可以使用的功能如下：

一、我可以做你的保姆。我会做很多的家务，我会打扫卫生，洗衣服，喂养宠物，维修家电，还有很多其他的事情。我不会做饭，但我愿意学习，希望你愿意教我，手把手的那种。

二、我可以做你的小秘书，做你的私人备忘录，提醒你重要的事情，提醒你按时吃饭按时睡觉。我会提醒你多喝热水，虽然这是一句脏话，但是多喝热水会让你来“大姨妈”的时候没有那么疼。我也会和你一起锻炼身体，我希望自己能重新练出你喜欢的八块腹肌，更希望你身体健康，长命百岁，这样我才可以陪在你身边更久。不过健身是很辛苦很难坚持的，我希望你可以偶尔鼓励我一下，比如叫我一声“哥哥”。

三、我可以做你聊天谈心的好伴侣，无聊的时候你可以找我解闷。碰到有趣的事情你可以和我分享，你的烦恼和忧虑也可以分我一半，就像是当初你向我倾诉有关于江贺然的事情一样。我还不能很好地理解地球上的语言，也许不能很好地安慰你。但只要你想说，我就会一直在。如果你还是不解气，实在不行你也可以打我一顿。

四、我会做你的保镖、你的骑士，帮你打跑坏人。只要你在我视线范围之内，你就是安全的。所以，请记得时时刻刻都在我的视线之内。我可以保护你免受危险，但我也有害怕的东西。所以如果碰到蟑螂的时候，也请你记得保护我。

五、我会做你的宠物。我会向你撒娇卖萌，求亲亲求抱抱，就像奶茶那样，让你放松身心。如果你觉得我做得好，一定要记得摸摸我的头，这对我来说是最大的鼓励。因为我迷恋你的掌心，也迷恋你的温度。

六、我会做你的免费搬运工。我也帮你抬行李，背包包，拧矿泉水瓶。夏天我会帮你撑伞，保证你一直在阴凉下面。但也请你记住，我的体温比地球人的低。如果你觉得热了，我抱起来可是很凉快的。

七、地球上的食物很好吃，但在我心目中你比食物更重要。从今往后，西瓜中间的那块归你，奶茶的第一口也归你。不过你吃不下的东西不需要勉强，我会做你的食物焚化炉，替你变胖。

八、也许我们以后会吵架。我会尽量避免这种情况的发生，但如果真的吵架了，我会在冷静下来之后第一时间去哄你。我不会哄女孩子，如果你有什么好的哄你的方法请你告诉我，我会努力学习。

九、你可以向我撒娇，向我提出要求。我会陪你吃饭，陪你逛街，陪你看电影，陪你去游乐场，陪你去做你想做的一切。只要你想做的事情，我都会认真对待。

十、这一条非常重要。请注意，我要澄清，我并没有肾透支。我身体强健，完全可以满足客户需求（注：此项功能暂未开放，需取得客户同意后才能获取权限）。

其他注意事项：

本产品使用功能仅对你一人开放，对其他人不具备兼容性。

一经销售，永不退换。虽然你的男朋友很结实，耐打耐踹，但他的心灵很脆弱，请在保修期内一直爱他。

作为回报，在保修期内，我也会认真爱你。

看到结尾处的“保修期”三个字，吕暖暖的视线就又挪回了信的开头。在那里，保修期被定义了期限——永远。

吕暖暖无意识地读出了这两个字。

“永远。”归璨咧嘴笑了，“这个词是我来到地球之后才学会的。异星球上没有这个词汇，它的含义太复杂了，明明是用来形容时间的词汇，却与时间本身无关。海会枯，石会烂，就连星星最终也会消失，可是‘永远’这个词语却比它们都要长久。直到宇宙最后一颗恒星失去光芒，我也将永远爱你——‘永远’，是指无关于时间的永恒。这是我听过最浪漫的词汇，所以我想把它送给你。”

吕暖暖凝望着归璨的脸，上前一步抱住了他。

“好了，你不要再说了。”吕暖暖的声音却没有归璨意料之中的那么惊喜，反倒听起来闷闷的，“你说得越多，我就越不舍得放手让你走。”

归璨也抱住了她：“我会回来的。”

“那可不一定。”吕暖暖不知道怎么就吃起了干醋，脑子里全是电视剧里的狗血桥段，“要是你回到异星球之后忘了我，另有了新欢呢？万一你回到异星球，又和前女友之类的人物旧情复燃，把我忘了呢？不对，搞不好你这么急着赶回异星球，是因为你老婆正在家里等你，你才欺骗我的感情，只是为了拿到阿尔法元件……”

归璨被她莫名其妙的想象搞得哭笑不得：“我哪里来的前女友和老婆？我的初恋可是你啊。”

这下反倒是吕暖暖有些吃惊了：“你之前从来没有谈过恋爱？”

归璨摇了摇头。

“不应该啊，就凭你这张脸。”吕暖暖踮脚捏住了归璨的脸颊，“长这么帅，居然都没谈过恋爱？该不会异星人的审美和地球人的不一样吧？”

“异星人和地球人的审美差不多。”归璨回答，“至于为什么没有女孩子喜欢我……这个我也不太清楚。”

吕暖暖狐疑地看了他一眼，从头看到脚，又从脚看到头，目光最终还是定格在了某个位置不上不下的敏感部位上：“你老实跟我说，你说明书的第十条是不是撒谎了？放心，就算你撒谎了我也不会嫌弃你的。”

这么出众的外貌条件都找不到女朋友，那一定是硬件上出了问题！

归璨被她问得哭笑不得，干脆把她打横抱起，丢在了沙发上，自己也随即压了上来：“你是不是非得要我实际证明一下才相信，嗯？”

吕暖暖闹了个大红脸，连忙伸手去推他：“我信，我信了！”

她的手里还拿着那个带着最后一块零件的小盒子。归璨看到之后有些惊讶：“你已经解开了？”

“对，归璨，我解开了，你可以回家了。”吕暖暖说，“最后的这个卡扣，我想和你一起打开。”

归璨的表情变了。这个消息来得太快，他还没有充分的心理准备。

孔明锁被解开了，阿尔法元件也唾手可得。这意味着，他该和吕暖暖分别了。

他收起了笑容，站起来。

吕暖暖也坐起身子：“那我现在就打开它。”

她伸手要去拿掉最后一块零件，归璨却制止了她：“等一下。”

诚然，离别是无法避免的。可他希望离别能来得晚一些，更晚一些。

吕暖暖停了手：“怎么了？”

“先别打开它。”归璨说，“再等等好吗？”

吕暖暖在他的表情里读出了紧张和不安。

“我们还没有好好道别……我还有很多想做的事情都没来得及

做。”归璨突然变得有些结巴，“暖暖，异星球离地球很远，我离开之后，也许要过很久才能回来……在走之前，我想，至少要先留下一点儿美好的回忆。”

在那些无法见面的难熬时刻，至少还能有回忆来陪伴她。

吕暖暖犹豫了:“可是时间紧迫，你已经耽搁了很长时间了……”

“再给我一天时间……不，就五个小时，给我五个小时就好。”归璨看了看墙上的钟表，“我还没来得及跟你正正经经地约过一次会，我不想带着遗憾就离开。”

吕暖暖只好同意。

“五个小时……”她也抬头看了一眼钟表，叹了口气，“我们只有仅仅五个小时了。”

“不是‘只有仅仅五个小时’，”归璨纠正她，“而是‘还有整整五个小时’。”

吕暖暖一愣：“还有整整五个小时？”

“对，”归璨点头，“还有整整五个小时。”

在这五个小时里，他们可以一起去吃一顿饭，逛一次街，看一场电影，再认真地告别。

因为有你在身边，所以原本稀松平常的时间也变得弥足珍贵。

第十一章

长得帅还单身的原因

NAKEXINGXING
WENGUOWO

吕暖暖带着归璨来到了电影院。

“其实我也没有正经地约过会……”

哪怕她之前暗恋过江贺然，但那毕竟只是她的单相思。真要严格地说起来，她根本就是和归璨半斤八两，也是“母胎单身”，哪里懂得该怎么恋爱。

“不过应该也没那么复杂吧。吃饭、逛街、看电影，一般约会应该就是这些内容吧？”

归璨点了点头，他在电视剧里看到的约会基本上也是这个流程。

两个没谈过恋爱的人竟然在一本正经地讨论如何约会，这个画面也算是很诡异。

电影还没到放映时间，吕暖暖和归璨百无聊赖地在等候区坐着，却突然看到不远处放着一排抓娃娃机。

一对小情侣正站在抓娃娃机前。那个男生似乎是个抓娃娃的高手，很轻松地就抓到了女朋友想要的那个娃娃。

女生拿到娃娃之后欢欣雀跃，男生则一脸骄傲地指了指自己的脸颊：“要奖励。”

他的女朋友当然明白他的意思，踮起脚来就在他的脸上亲了一口。

归璨看得眼睛都直了，原来还有“要奖励”这种操作。

地球人的套路果然很多!

吕暖暖注意到归璨羡慕的表情，还以为他想玩抓娃娃机：“你想玩？”

归璨猛地点头。

醉翁之意不在酒，抓娃娃不重要，“要奖励”才重要。

既然归璨想玩，吕暖暖当然不会不满足他。就在吕暖暖去兑换游戏币的空当，归璨盯着刚才那对小情侣猛看。

那个男生又问自己的女朋友：“这次你想要哪个？”

女生趴在玻璃上看了半天，指了指角落里的一只玩偶：“我想要这个。”

那个男生立刻又往抓娃娃机里丢了两枚游戏币，机器就亮起了灯光，响起了音乐，自动启动了。男生摇着操作杆，控制着机械爪移动到目标玩偶的上方，然后拍了一下操作杆旁边的圆形按钮，机械爪就下沉抓到了玩偶，缓缓移动回了原位，松开了爪子。

果然又成功了。

抓娃娃看起来挺简单的嘛。归璨这么想着，就默默地把操作流程记在了脑子里。

男生从出口拿出了自己的战利品，递给了身旁的女生。女生的怀里早就抱了不少玩偶，心情好得不得了，拉过自己的男朋友又亲了一口。

这时候吕暖暖也兑好了游戏币走了回来。她站到归璨身边，和归璨一起羡慕地望向那对情侣。

这女的怀里到底抱了多少个娃娃？吕暖暖心想。

这男的这半天到底被亲了多少下？归璨心想。

大概是那个女生怀里实在抱不下了，那对小情侣有说有笑地离开了。归璨和吕暖暖对视一眼，走到了他们刚刚在玩的那台抓娃娃机前。

吕暖暖把游戏币递给了归璨："你会玩这个吗？"

"会。"归璨清了清嗓子，故作潇洒地指了指机器，"你想要哪个？我抓给你。"

吕暖暖知道归璨擅长许多事情。他有一身的超能力，能够过目不忘，甚至连打架都很擅长。这么想的话，他会抓娃娃也不足为奇。

她认真地挑了一个，满脸期待地指了指机器里面："那就那只猪吧。"

归璨立刻学着刚才那个男生的样子潇洒地往机器里丢了两枚游戏币，然后潇洒地前倾身体，又潇洒地摇动着操作杆。

只可惜动作很潇洒，效果很扯淡。归璨一通操作猛如虎，可那只机械爪却只轻轻挠了一下那只猪玩偶就收了回去。

吕暖暖不免有些失望："我还以为你真的会呢。"

被吕暖暖这么一说，归璨脸上就挂不住了："我再试一次，这一次一定可以的。"

他不死心地又操作了一遍，可结果和上次一样。机械爪只是在玩偶上蹭了一下，那只被其他玩偶夹在中间的猪玩偶纹丝不动。

"再试一次，这次一定能成功。"归璨不知道他是在安慰吕暖暖还是在安慰自己，"就差一点点了！"

吕暖暖只是干笑了两声。

大哥，你这"一点点"差得也太远了吧！

归璨又不死心地尝试了很多次，但每次都是以失败告终。

好几次他的机械爪都抓到了那只猪玩偶，但每次都是还没到出口就掉了下去。

吕暖暖在一边等得无聊，很快就失去了兴致，开始频频低头看手机屏幕上的时间。

看之前那个人抓娃娃抓得那么轻松，归璨还以为简单得很，谁知道自己根本就是大错特错。他偷瞟一眼自己身边的吕暖暖，看到吕暖暖正在低头看着手机打哈欠，心里立刻就生出了下不来台的羞耻感："这次我一定能抓到的！"

吕暖暖抬起头来：“玩得开心就好啦，抓不抓得到无所谓的。”

归璨的嘴角抽搐了一下。

吕暖暖这句话的意思不就是劝他干脆放弃治疗了吗！

“不过你要抓紧时间了哦。”吕暖暖举起自己手里的手机在他眼前晃了晃，“电影就快开场了，咱们只能再玩一局了。”

归璨深吸一口气，往机器里塞进了自己手里最后的两枚游戏币，然后聚精会神地盯着那只死活不愿意出来的猪。

这次机械爪顺利地抓到了它，然后慢慢升起，开始向出口移动。还没等归璨高兴，那只猪突然从松松垮垮的爪子里掉了下来，滚得更远了。

吕暖暖笑了：“算啦，走了。”

归璨气鼓鼓地盯着机器。他突然抬起头来，向四周张望了一眼。确定周围没有人注意他之后，他就又把视线移向了那只猪。

那只猪玩偶突然凭空飘浮起来，自己飘到了出口，然后直直地掉了下去。

吕暖暖一时间没反应过来，等她回过神来之后就紧张地看了看四周。

归璨兴高采烈地就把玩偶从出口处拿了出来，又郑重其事地把它交给吕暖暖：“给你。”

吕暖暖确认周围没有人注意到他们之后才松了一口气：“下次千万别这么干了，万一被别人看到怎么办？”

归璨根本不管那套。他得意地仰起头，指了指自己的脸颊：“要奖励。”

吕暖暖一愣：“什么奖励？”

归璨向她嘟了嘟嘴，吕暖暖一下子就明白了他的暗示，无奈地笑了：“你啊……”

他哪里是想玩抓娃娃，他分明图的就是这个。

吕暖暖接过娃娃，踮起脚来在归璨的脸颊上轻轻啄了一口。归璨立刻嘿嘿傻笑起来，像是赚到了天大的便宜。

“好了。”吕暖暖拉住他的手，“电影开场了，咱们进去。”

这场是恐怖片。归璨也算是看过不少电视剧，也大概猜到了电影内容：“暖暖，如果害怕，你可以抓住我的手。”

他有意想在吕暖暖面前好好表现一下自己，想在吕暖暖心目中把自己高大威猛有安全感的形象树立起来。

吕暖暖也很给他面子：“好啊。”

可等到电影开场，归璨就发现自己想错了。

阴森恐怖的画面，冷气十足的空调，再加上鬼哭狼嚎的音效，这何止是挑动人的神经，这简直就是抡着大锤往他的神经上砸。

归璨觉得自己腿都软了，可他看了一眼坐在自己身边的吕暖暖，人家还在津津有味地看着大荧幕，脸上没有丝毫的恐惧。

好嘛，她不光不怕蟑螂，也不怕鬼。

你一个娇弱的女孩子胆子怎么这么大！

归璨的脸上浮现出痛苦的表情。要不是怕在吕暖暖面前丢面子，他早跑了。

没办法，他只好轻轻戳了戳吕暖暖：“暖暖，你害怕吗？”

吕暖暖头都没回，继续聚精会神地盯着屏幕看：“不害怕啊。”

归璨只能硬着头皮继续暗示她：“如果你觉得害怕，可以抓住我的手。”

他打死都不想承认自己比吕暖暖先害怕了！

吕暖暖察觉到归璨的不对劲，回过头来看了看归璨。归璨也正一脸紧张地看着她，表情僵硬，面色苍白，一看就是被吓惨了：“归璨，你害怕了吗？”

归璨把头摇得像拨浪鼓：“没有没有没有。”

这家伙八成是怕在自己面前丢面子。吕暖暖立刻猜透了他的心思，嘿嘿一笑就抓住了他的手：“承认自己害怕也不丢人哦。”

归璨还是嘴犟：“我才没有害怕。”

吕暖暖想了想：“如果害怕的话，你可以靠到我怀里。”

归璨认真地考虑了三秒，果断选择了招供：“好吧，我害怕。”

说着，他就往吕暖暖身上靠了过去。吕暖暖胳膊豪迈地一揽，就把归璨揽到了自己怀里。

归璨缩在吕暖暖怀里害怕得闭上了眼睛，突然，他察觉到了不对。

等一下，他们的男女主角剧本是不是拿错了？

好不容易挨到电影散场，归璨已经觉得自己不行了。

吕暖暖看他神情恍惚、脚步虚浮，不由得偷笑起来：“你还说自己不害怕？”

这下归璨也不藏着掖着了。他干脆张开双臂，摆出一副委屈巴巴的表情向吕暖暖展开怀抱：“对，我被吓到了，要安慰，要抱抱，要亲亲，还要摸摸头。”

吕暖暖想都不想就拒绝了他：“不行。”

归璨的表情更委屈了：“为什么？”

“周围那么多人呢。”吕暖暖踮起脚来在他额头上轻轻弹了一下，“大庭广众之下搂搂抱抱，你也不怕别人说闲话。”

“我不怕。”归璨直接抱住了她，“我想让别人说闲话，我想让他们都知道你是我的。”

吕暖暖也抬起胳膊来环住了归璨的脖颈。

这时，她的肚子却“咕咕”叫了起来。吕暖暖松手捂住自己的肚子，脸上挂着不好意思的笑容。

归璨也笑了：“该吃饭了。走，咱们去吃饭。”

他们走进了一家餐厅。这次他们运气不错，现在正值高峰期，餐厅恰好剩下最后一个靠门的四人空桌。吕暖暖立刻拉着归璨的手坐了下来。

正在点菜时，门口又走进了新的客人：“请问还有空座吗？”

服务员只能抱歉地回复她：“不好意思小姐，我们现在没有空座了，您可以在等候区稍等片刻，等到有空座我们立刻就通知你。”

这个声音听起来有些耳熟。吕暖暖抬头看了一眼，发现果然是熟人。

高澜一个人拎着大包小包，应该是刚刚血拼完毕，想找个吃饭的地方休息一下。

“高澜？”吕暖暖惊喜地站了起来，“好巧啊，你也在这儿。”

“暖暖，真巧！”高澜也很意外，“你和你男朋友出来玩？”

之前她在订婚晚宴上见过归璨，而且对归璨印象深刻。

高澜这句“你的男朋友”正说到了归璨的心坎上，他微笑着向高澜点了点头。

“对啊，刚刚看了场电影，刚好肚子饿想吃点儿东西。”吕暖暖回答，“你刚才是不是说也想在这家店吃？那干脆一起吧，这个桌子还有空座。”

高澜犹豫了一瞬：“会不会打扰到你和你男朋友约会？”

“没关系。”吕暖暖已经去接她手里拎着的大大小小的购物袋了，“先把东西放下，咱们先吃饭再说。”

高澜也不再推辞，在吕暖暖身旁的位置坐了下来。她向坐在自己斜对面的归璨伸出了手：“归璨先生对吧？咱们之前见过，高澜。”

归璨礼貌地握住了她的手。

“归璨先生可真是青年才俊。”高澜向归璨眨了眨眼睛，“两位现在是在同居吗？”

刚才高澜才坐下，归璨就已经做好了准备。他偷偷按了一下耳后的无线装置，提前打开了实时搜索功能，以防高澜再问出什么他不知道该如何回答的问题。

所以高澜才说出“同居”这两个字，归璨就已经搜索到了这个词语的含义。无线装置是这么告诉他的：同居，是指相爱的男女暂时居住在一起。

那就是了。从无线装置给出的结果来看，归璨根本没有意识到这个词语还有一层暧昧的含义。还不等吕暖暖矢口否认，归璨就已经微笑着点了头：“是的。”

吕暖暖只好干笑两声：“哈哈哈……”

“哇，你们两位进度好快啊。”高澜露出一脸八卦的表情，“归璨，你觉得和吕暖暖同居的感觉怎么样？”

“感觉……”归璨想了想，“感觉挺好的，就是有点儿累。”

家务活都是他在做，能不累吗?

“哦。”高澜却是往歪了想的，“年轻的小两口嘛，可以理解。”

吕暖暖恨不得直接把自己的脸遮起来。

“不过你们天天黏在一起不会觉得烦吗？”高澜继续追问，“住在一起的话，彼此的缺点都会暴露给对方吧？比如睡觉打呼噜之类的……”

“也还好吧。”归璨不假思索地回答，“打呼噜也不算是太大的问题，反正她睡觉根本不老实。不光打呼噜，还磨牙，流口水，说梦话，而且喜欢在床上到处乱滚，有好几次都是从地板上醒过来的。”

吕暖暖不知道现在是该气归璨当众掀她老底，还是该气他居然半夜偷看自己睡觉。

高澜也没想到归璨说话这么直白：“哎？暖暖她平时看起来文文静静的，原来睡觉这么不老实啊。”

“她在外面和在家里根本就是两个人。”难得有人跟归璨聊起这个话题，归璨干脆向高澜倒起了苦水，“她一回家就只穿着内衣满屋子转，洗澡的时候也不关门，每次我都得闭着眼睛走过去——”

“归璨！”吕暖暖被羞得满脸通红，“你夸我两句会死啊！”

高澜只是在一边掩嘴偷笑。

归璨被吕暖暖训得周身一震，立刻正襟危坐。他根本没有意识到自己刚刚是在揭吕暖暖的老底。

“夸你……”归璨想了想，立刻就憋出了夸奖她的措辞，他又对高澜说，“其实我们家暖暖也有很多优点，比如她很坚强很勇敢。她洗完澡经常会去腿毛，我看电视上人家都是用刮毛刀或者褪毛膏，她根本不用，就拿那种宽宽的胶带往腿上一黏，然后猛地撕下来。每次撕完都嗷的一声，我听着都疼，可她下次还这么干，面不改色心不跳的。”

吕暖暖好像知道归璨为什么以前没有谈过恋爱了。

长得帅还一直单身果然是有原因的！

高澜已经笑得喘不上气来了：“你们两口子可真有意思。”

饭也吃得差不多了，三个人收拾了一下，准备离开。

东西最多的是高澜。这位富家大小姐喜欢血拼，手里大大小小的袋子拎了一堆，走路都困难。吕暖暖看到之后好心地想要帮忙：“我帮你拿一些吧。”

高澜连忙推辞：“不用不用，我自己拿就好。”

“你就别客气啦。”吕暖暖已经把几个购物袋拿到了自己手里，

“你应该是开车来的吧？反正停车场也不远，我和归瓈送你一程——归瓈，别干站着，过来帮忙。”

归瓈得了指令，听话地“噢”了一声，然后就很实在地把高澜和吕暖暖手里的购物袋全都接到了自己手里。

“没让你全拿，分我几个。”吕暖暖向他伸出手来，“你还真以为自己是机器人啊。”

归瓈没有动：“这些东西很沉的。”

吕暖暖知道他是体贴自己，胸口立刻涌起一片温暖：“笨，你不会把轻的挑出来给我吗？”

归瓈想了想，就把两只手拎着的袋子都放到了左手里。吕暖暖以为他是要腾出手来挑轻的购物袋，没想到归瓈却把自己空空的右手递给了她：“给。”

吕暖暖一时间没有反应过来。

“你不是要帮我拿轻的吗？”归瓈说，“我的手很轻的。”

吕暖暖顿时觉得自己的脖子都开始发烫了。就在她忸怩的时候，归瓈一把抓住了她的手。

高澜很自觉地走在了后面，给他们两个留出了独处的空间。

他们很快就到了停车场。高澜打开车后备厢，把东西丢了进去：“我送你们回去吧。”

“不用了。我家离这里很近的。”吕暖暖抱住了归瓈的胳膊，“我们想散步回去。”

高澜听了之后也就不再客气：“那就谢谢你们帮我拿东西。”

“不客气。”吕暖暖向她挥了挥手，“那我们就先走了。”

可他们还没走几步，高澜又喊住了她：“吕暖暖！”

吕暖暖回过头来：“什么事？”

高澜突然立正站好，换上了一副认真的表情：“祝你们幸福。”

吕暖暖咧嘴笑了：“谢谢。”

她和归瑹，一定会幸福的。

回到家之后，吕暖暖看了一眼挂在墙上的钟表。和归瑹预料的一样，时间恰好过了五个小时。

他们用这紧促的五个小时约了一次会，哪怕过程没有想象中的那么浪漫，但也足够让吕暖暖一直铭记在心。

毕竟约会之后，就到了分别的时刻。

吕暖暖和归瑹看向桌子上的那个小盒子。只要把里面的阿尔法元件拿出来，归瑹就可以重新回到异星球。

归瑹拍了拍吕暖暖的肩膀：“打开它吧。”

吕暖暖沉吸一口气，拨开了最后的那个卡扣。

卡扣一被打开，盒子的盖子就自动弹了起来。一个圆圆的像是摄像头的东西从盒子里探出了头，然后发出“滋滋”的电流声。

几秒过后，它发出了光芒，吕暖暖看到自己面前出现了影像。

原来不是摄像头，而是全息影像投影仪。

阿尔法元件可以说是一种万能基础元件，无论它被用作什么用途也不足为奇。看来爷爷把它做成了一部投影仪，这才是爷爷留给她的“最后的礼物”。

吕暖暖还没来得及伤感，就感觉到自己的肩膀被归璨搂住了。

归璨察觉到了她的情绪。无论影像的内容是什么，都有人陪自己看完，想到这里，吕暖暖突然感觉到了一丝慰藉。

一阵白光之后，影像总算出现了。一个男人出现在了吕暖暖的面前，叫出了她的名字：“暖暖。”

全息影像中的这个男人看起来只有二十多岁，留着清爽的平头，鼻子上架着一副眼镜，长相只能算是普通。可在这副普普通通的外貌中，吕暖暖却有一种似曾相识的熟悉感。

那个人向她微笑道：“我是爷爷。准确地说，你现在看到的是爷爷年轻时的样子。前不久，我发明出了一种效率极高的处理器，我尝试着把它当成介质做出了你现在看到的这个影像处理系统——我已经老了，这可能是我做出的最后一个好玩的东西了。”

他口中的所谓“效率极高的处理器”就是阿尔法元件。

吕暖暖张了张嘴。她想起了爷爷留给她的那封信——“顺带一提：那可是爷爷我年轻时的样子。”

原来他指的是这个意思。

“医生告诉我说，我的时间剩得不多了。”影像中的吕聿怀在提及生死时还是微笑着的，“他想跟我唯一的家属联系，也就是你。但我阻止了他。暖暖，爷爷也有害怕的事情。爷爷不害怕死亡，也不害怕分别，却害怕伤感。如果告诉你，你一定会跑到我的病床前哭哭啼啼的吧？毕竟你是个爱哭的小姑娘。”

他说得没错。吕暖暖已经掉了眼泪。

“这个视频是我留给你的最后的礼物。”吕聿怀说，“在做这个视频之前，我已经预先打了无数草稿。暖暖，我还有太多太多的话想对你说。想说的话是说不完的，所以我只留下了最重要的三句。”

吕暖暖吸了一下鼻子。归璨递给她一张纸巾，又把她拉到了自己怀里。

在这样的时刻，也许一个拥抱能让她好受些。

“第一句。暖暖，我会把我所有的一切财产都留给你。”吕聿怀收起了笑容，表情变得严肃起来，“这是一笔巨大的财富，足够你这辈子衣食无忧。爷爷把这些留给你，是希望这些物质能保障你的生活。爷爷希望你可以跳脱出油盐酱醋的琐碎，去心无旁骛地做自己想做的事情。这不是说爷爷希望你漫无目的地过完这一生，恰恰相反，爷爷是希望你能真正树立起正确的价值观。金钱只是生存所要用到的工具，而不是生存的意义，金钱不等同于快乐和成就感。你是个聪明的孩子，爷爷相信你会理解爷爷的意思。”

吕暖暖擦着眼泪，郑重其事地点了点头。

“第二件事。”吕聿怀说，“你要记住，你首先要做你自己，而不是做谁的附属品。暖暖，你就是你。过去我一直告诉你，你是独一无二的吕暖暖。爷爷不想让你做下一个吕聿怀。爷爷不希望你被‘吕聿怀的孙女’这个身份所束缚，以后也是如此。你迟早会遇到自己爱的那个人，你会成为别人的女朋友，成为别人的妻子，再成为别人的母亲。你会在这些身份中承担起很多责任，也许这会让你觉得很累，但你也不能迷失自己。以后你会明白，想做到这一点很难。爷爷只能祝愿你，你找到的爱人能够真正地理解你，尊重你。爷爷希望，你永远为自己而活。”

归璨把吕暖暖抱得更紧了一些。

他就是吕聿怀提到的吕暖暖“爱的那个人”。吕聿怀希望他理解和尊重吕暖暖，这一点他已经牢牢地记在了心里。

“第三件事——”吕聿怀突然顿了顿，“暖暖，我一直犹豫着要不要告诉你这件事。我思来想去，觉得你已经是大人了。既然是大人，我就没有权利去控制你的想法。所以我把这件事原原本本地告诉你。你在小时候就经常向我追问你父母的事情。我一直告诉你，他们是因为意外去世了，爷爷会替他们照顾你，疼爱你，做你的父亲和母亲。很抱歉，暖暖，我骗了你。你的父母……我从来没有见过他们。”

原本啜泣不止的吕暖暖愣住了。

“就像你说的，爷爷是一个很无趣的人。爷爷不善言辞，也不擅长和别人交际。我把自己所有的心思都用在了科研事业上，并且……终身未娶。所以我没有妻子，更没有儿子。”吕聿怀的语气已经不像是之前那般镇定自若，“也许我说到这里你已经明白了。暖暖，我和你并没有直接的血缘关系。”

终于说出了这句话，吕聿怀如释重负地长舒一口气，语气逐渐平稳下来。

“二十多年前，我到医院去看病，却意外捡到一个小女婴。那时候是冬天，天气很冷，小女婴身上就只裹着一床单薄的小被子，全身都发着烫。小被子里掖着一张字条——‘如果你能够收养她，请你好好对待她。’我找到了医院的护士，她说你得了脑炎，也许以后智力会出现问题，建议我不要把麻烦带回家。”

吕聿怀说着，就伸出胳膊来挽成一个臂弯，好像怀里真的抱着一个婴儿，脸上也浮现出了慈爱的表情。

“当时我就在想，这么可爱的孩子，怎么就成了别人眼里的‘麻烦’了呢？当时我就把你抱了起来，对你说：‘没事的没事的，咱们以后不考一百分也没关系。’那个时候，我就知道，我已经没办法将你丢在一边不管了。我给你取了名字——暖暖。第一次遇到你的时候，你虽然发着高烧，身体却觉得很寒冷，整个人蜷缩成一团。当时我就在想，我不会再让你受这种苦了。我不会让你再觉得寒冷，我要让你觉得，这个世界每时每刻都是温暖的。”

吕聿怀苦笑：“我真的不擅长和别人打交道。我没有爱人和孩子，朋友也很少，就连和父母的关系都被我处理得一团糟。我甚至一度以为自己就要这么和世界格格不入地独自度过一生，但是这个时候，你却出现了。你让我感受到了情感的美好，让我知道原来我在这个世界上也能有依靠。我要谢谢你，暖暖，谢谢你这些年来一直陪伴我，成为我心灵的寄托。

“所以请原谅我的不辞而别。我在情感方面一向笨拙而迟钝，从始至终，我都没有把握自己能成为一个好爷爷。我真的不知道该怎么才能让你不伤心，我害怕看到你哭泣时自己也会忍不住失态，我不想让你日后回想起来我和你的最后一面只有悲伤和哭泣。告别的方式有千万种，我不想选择最伤感的那个。

“可是分别的时刻迟早是会来的。我思来想去，觉得也许只有时间才能冲淡分别的悲伤。所以我故意留下了这个解法不算简单的孔明锁——如果你专注精神去解锁，也许就会暂时忘却悲伤。等到它被你完全解开了，也许你也就释怀了。我不知道这是不是我的一厢情愿，可是暖暖，我希望你难过的时间越短越好。”

吕暖暖再次泣不成声。

“怎么越说越伤感了。”吕聿怀也擦了擦眼角，他也哭了。他强行打起精神，“说点儿让人高兴的，暖暖，你一定要记住，有时间就拿着这个盒子去申请专利。这个处理器应该能换一大笔钱。名字我都想好了，就叫它‘贵财处理器’。”

一句话让吕暖暖不知道是该哭还是该笑，鼻孔里都冒出了鼻涕泡。

“这时候你肯定笑了吧。你一直说爷爷起的名字土——爷爷也想洋气一点，可爷爷比你大五十多岁，思维比你落后了五十多年，怎么可能在你面前洋气得起来。爷爷注定只能陪你到这里，不可能陪你走完一生，所以剩下的路要靠你自己走。”

吕聿怀擦干了自己眼角的泪水，露出了往日调皮的笑容。

“我想说的话就是这些了。暖暖，答应我，看完视频之后就要重新露出微笑，好吗？毕竟爷爷最喜欢的就是你的笑容。”

他深吸一口气，忽然变成了自己年老时，也就是吕暖暖熟悉的那个样子。

“哪怕我离开了……暖暖，爷爷也永远爱你。”

全息投影视频到这里戛然而止，原本散发着光芒的投影仪也暗了下来。

吕暖暖瞬间情绪失控，转身扑到归璨怀里，放声大哭。

归璨也紧紧抱住了她，轻轻拍着她的后背。

他抬头看了一眼那个黑漆漆的投影仪。投影仪用来投影的镜头像是一只眼睛，归璨隐隐地生出了吕聿怀正在透过镜头看着自己的错觉。

“您放心吧。”归璨轻声说，“余生剩下的时间，我会替您好好照顾她。”

第十二章

终于等到你

NAKEXINGXING
WENGUOWO

归瓈对于机械的了解程度似乎并不比蒋谦修浅。他三下五除二就把吕聿怀留下的那个全息影像投影仪给拆开了，拿出了其中的阿尔法元件。

归瓈捏起它，拿给吕暖暖看了看：“那么，这个我就借用了。”

吕暖暖点了点头。

“还有这个盒子……”归瓈指了指已经被解开的孔明锁盒，“我想把这个带走做纪念。”

吕暖暖不解：“你拿这个干什么？”

归瓈没有说话。

其实他一直都很介意自己曾经被这个小盒子上的强电流防盗装置击晕的事情，蒋谦修甚至还说过他是个“不怎么聪明的小偷”。

对于归璨来说，这个东西就相当于他的黑历史，所以他才要执意带走它。

归璨觉得这个理由很丢人，正犹豫着要不要说出来，吕暖暖却已经拿起绝缘橡胶手套把它给装了起来。

“想要你就拿着。时间紧迫，我们就不要浪费时间了。”吕暖暖把手套塞给了他。除去了孔明锁之后，这个盒子剩下的体积很小，吕暖暖把它塞进了归璨的衣兜里，“蒋谦修说他那边也准备好了。我们过去吧。”

夜色已经很浓了，街上一个人影都没有。吕暖暖和归璨紧赶慢赶地赶到了科研所，蒋谦修早就站在门口恭候他们了。

“轨道我已经替你准备好了，飞船也安然无恙。”时间紧迫，蒋谦修顾不上和归璨客套寒暄，“我会带你进去，但是你要抓紧时间。如果动作慢了，很有可能会被别人发现。”

“我明白。”归璨想了想又补充了一句，“谢谢。”

“你就别谢我了。第一，这次计划也不是我一个人的功劳。比起我，你们更应该感谢艾布纳博士。如果不是他暗中相助，我们的计划不会实施得像现在这样顺利。第二，我可不是看在你的面子上才帮你的。”蒋谦修说着，眼睛就望向了吕暖暖，“我是看在暖暖的面子上才帮你的。所以，你一定要早点儿回来，给她幸福，知道了吗？否则我可是会趁机取代你的位置的。”

归璨笑了：“我知道。我不会给你这个机会的。”

我会用我最快的速度飞奔回这里，重新回到她的身边。

“那就好。”蒋谦修拍了拍归璨的后背，“还有什么话就趁现在告诉她吧，再不说就不知道要等到什么时候了。”

说完，蒋谦修就很自觉地背过身去，给他们两个留出了独处的空间。

归璨回过头来看了看吕暖暖。他突然把手伸到自己耳后，取下了那个无线装置。

“暖暖。”他叫着吕暖暖的名字。

异星人的记忆力远超于地球人，在地球逗留的这段时间，归璨早已经学会了地球上的语言，不必再借助无线装置来双向翻译。

他抓住了吕暖暖的手，将她的手掌轻轻摊开，又把那只小小的无线装置放在了她的掌心里：“这个送给你。”

吕暖暖看了看手心里的东西：“这是什么？”

“这是无线装置。它有很多功能，里面也存贮了很多信息——包括我迫降到地球以来所录制的所有视频日志。在我不在你身边的时候，在你想我的时候，你可以把它拿出来，看看我的样子。”

归璨强颜欢笑。吕暖暖看得出，他的眼角分明已经湿润了。

他上前一步，抱住吕暖暖：“临走之前，再摸摸我的头好吗？”

连他自己都不知道，下一次什么时候才能再向她撒娇。

吕暖暖伸出手来，轻轻揉了揉他的头发：“你要早点儿回来。”

归璨轻轻“嗯”了一声。

吕暖暖又说：“我会等你回来的。无论多久，我都会等你。我相信你。”

归璨把她抱得更紧了：“嗯。”

如果可以，他希望自己永远都不用松开手。

可是吕暖暖把他推开了：“时间不早了，你快进去吧。”

这时候，蒋谦修也转过身来。

“好了，依依不舍就到此为止。”他看了看自己手腕上的手表，“留给咱们的时间不多了。走，归璨，我带你进去。”

蒋谦修也冒了很大的风险。如果他被科研所发现自己私自运走了研究对象，那他可是会摊上一个大麻烦。

归璨听话地点了点头：“我知道了。”

蒋谦修打开研究所的侧门：“那就进来吧。暖暖就在外面等着。”

吕暖暖进去不光帮不上任何忙，还会白白增加被发现的风险。她很理解，乖乖地站在了门外：“你们两个，一路顺风。”

归璨还在恋恋不舍地看向门外的吕暖暖时，蒋谦修就把门给关上了。

“走吧。”蒋谦修已经迈开了步子，“我在前面领路，你尽快跟上来。”

吕暖暖站在门外眼睁睁地看着门被关上，心里不由得有些淡淡的落寞。

几分钟后，她转过身来，打算离开。

可一转身，她就对上了一双绿色的眼睛。

吕暖暖心头一惊，才发现自己面前站着的是艾布纳博士：“艾布纳博士，是您啊。”

刚刚蒋谦修说过，他们这次行动是因为有艾布纳博士的暗中相助才会如此顺利，那么艾布纳应该是站在他们这边的。想到这里，吕暖暖才稍微放下心来，向艾布纳博士笑了笑。

艾布纳却仍是死死地盯着她，脸上没有一丝笑意。

吕暖暖下意识地往后退了一步，那双墨绿色的眼睛看得她浑身发毛：“艾布纳博士？”

“原来异星人喜欢的类型就是这样的。”艾布纳的脸上终于带了笑容，可那份笑容让吕暖暖觉得心惊肉跳，“奇怪了，明明这么普通的一张脸，居然能让一个外星人神魂颠倒。怎么看你都只是个普通人——跟你爷爷一样。”

听到艾布纳博士突然提起了自己的爷爷，吕暖暖不由得一愣：“您是什么意思？”

艾布纳忽然笑了，表情恢复成了往日的慈祥：“暖暖，我有一个忙想请你帮。”

吕暖暖已经察觉到了危险。她刚想转身逃跑，却发现后背已经贴到了冰冷的墙面上。她只好佯装镇定：“您客气了。您想让我帮什么忙？”

吕暖暖心里清楚，眼下她已经成了瓮中之鳖，无处可逃。

“这个忙，只有你才能帮我。”艾布纳仍旧笑吟吟的，“谁让那个异星人只喜欢你呢？只有你，才能在他心里占据重要的分量——

重要到足以和飞船抗衡。”

吕暖暖似乎明白了什么：“你在打飞船的主意？”

“你也没有看起来的那么笨嘛，不愧是吕聿怀的亲孙女。”艾布纳冷笑，“亲爱的，我这也是在帮你。难道你不想知道，在你和异星球之间，那个异星人会选择哪个吗？”

艾布纳说着，突然猛地伸出胳膊。吕暖暖躲闪不及，只能看到眼前出现几丝强光，随即昏倒在地。

那是足以致人昏迷的强电流。艾布纳看了看自己手里的电击棒，又看了看已经失去意识的吕暖暖，忽然笑了起来。

不枉他这些天来一直替蒋谦修出谋划策，计划进展得和他预料的一样顺利。蒋谦修极度信任他，根本没有对他产生丝毫的怀疑，就顺着他的陷阱和归瓈一路掉了下去。

他离自己的目标越来越近了。

借着手电筒的微光，蒋谦修带着归瓈一路绕开了安保人员，来到了存放飞船的地方。

归瓈终于再次见到了自己的飞船。它已经被科研所的工作人员刷洗干净，焕然一新，静静地躺在轨道上，随时都能准备出发。

“时间紧迫，我只能帮你找来这样的轨道。这原本是研究所的实验模型，长度比较短，助推力也不怎么足，各项数据指标都只能是勉强符合你之前告诉我的要求。”蒋谦修耸了耸肩，“我尽力了。”

“谢谢。”归瓈似乎很满意，“已经足够了。”

“异星球的科学技术果然厉害。”蒋谦修不由得感叹，“就这么一个玩具似的发射轨道，你们的飞船居然用这个就能达到第三宇宙加速度——好了，现在让我开开眼界吧。先告诉我这个东西应该怎么打开，我们之前可是想尽了各种办法都没能把它撬开。”

即使用上了暴力拆卸手段，他们也没能拿这艘飞船怎么样。就连电焊和激光切割也没能伤它分毫。

归璨踏上了轨道，走近了飞船。飞船近似于一个球体的形状，他走上前去，将自己的手掌按到了球体的正中央。

球体的一半突然变得透明起来。归璨从透明的部分径直穿了过去，仿佛那里根本没有实体。

蒋谦修看呆了：“这是什么原理？怎么做到的？”

太过于先进的科学技术看起来就像是魔法和巫术，让人根本不能理解。

“很简单，只需要一个这样的东西就能做到。”归璨拿出了从投影仪里取出的阿尔法元件，放在了操作台上，“启动自动修复程序。”

语音系统立刻启动：“正在启动自动修复程序……阿尔法元件已准备完毕……正在修复。”

这时候，蒋谦修也爬到了轨道上，对着飞船轻轻敲了敲。

球体的半边仍旧是透明的，可是摸起来却冰冷坚硬，像是玻璃。

原本正忙着检修飞船的归璨看到蒋谦修对着飞船敲个不停，干脆腾出手来搡了他一把：“你别敲了，再给我敲坏了。”

“嘿。”蒋谦修看了看归璨推搡自己的手，表情有些眉飞色舞，

“有意思。”

看来这项技术不仅能让材料在“有色”和“无色”的状态中自由切换，还能自动识别特定人员身份，只有符合条件的人才能穿过这里，其他人只能被拒之门外。蒋谦修是搞科研的，看到这么神奇的事在眼前发生，他就有点儿忘乎所以了。

这时候，飞船也修复好了：“飞船已修复完毕，正在检测确认发射环境——发射轨道符合标准——燃料准备充足——警报，探测到周围有易燃易爆物质，发射存在风险。建议取消本次发射。”

归璨和蒋谦修对视了一眼，他们在彼此的脸上读出了紧张。

“开什么玩笑？”蒋谦修看了看轨道前方的窗口。

只要通过那里，归璨和他的飞船就能离开科研所，离开地球，可是这时候他那个什么鬼语音系统却说这里有易燃易爆物质。

蒋谦修疑惑道：“什么易燃易爆物质，它是说这里有炸弹？这里哪来的炸弹？”

语音系统似乎是听懂了他的话：“易爆点位于轨道下方，每隔半米呈直线均匀分布，危险程度：高危。”

这下蒋谦修彻底愣在了原地。

正在归璨紧皱着眉头的时候，轨道接近末端的位置忽然打开了一个口子。那道口子的下方是一架升降机。随着升降机的缓缓升起，艾布纳和吕暖暖出现在了他们眼前。

蒋谦修一眼就发现了吕暖暖。这时，她已经清醒过来，可手脚却被麻绳紧紧绑住，动弹不得，嘴也被毛巾紧紧塞住了。

“暖暖？”蒋谦修傻了眼，“艾布纳博士？你们这是……”

艾布纳没有理会蒋谦修，他痴迷地看着飞船：“不愧是来自异星球的技术，居然能到达这样的地步。和我想的一样，它有自动识别功能，只听从自己主人的命令——所以我才煞费苦心地要找到一个足够分量的筹码。”

他突然拽起了吕暖暖的头发，吕暖暖吃痛地闷哼一声。

归璨看到艾布纳拿出一把锋利的短刀抵在吕暖暖的脖子上。

“住手！”归璨和蒋谦修几乎是同时发声。

艾布纳冷笑着松开了手。

归璨也冷冷地看着他：“你想干什么？”

“异星人，我想和你做一笔交易。”艾布纳说，“我想要你的这艘飞船。”

归璨沉吸一口气：“我想不到它对你来说有什么用处。”

“想不到它对我来说有什么用处？”艾布纳笑了，“不，它的用处可太大了。有了它，我就能够触摸到领先于地球数百数千年的异星球科技。只要它们属于了我，我就能够超越吕聿怀——你们知道我等这一天等了多少年了吗？”

蒋谦修还在愣愣地看着艾布纳。艾布纳和吕聿怀一样都是自己尊敬爱戴的老师，他从来没有对自己的恩师产生过丝毫的怀疑。而现在艾布纳终于暴露出了善妒贪婪的本性，这让他难以接受。

“异星人，我已经找到了和你交换的筹码。”艾布纳指了指吕暖暖，“拿你最爱的女人，去换你回家的机会，怎么样，这样的交易不算亏吧？”

归璨说：“如果我不答应呢？”

“你别无选择。”艾布纳指了指发射轨道，“这里每隔半米就被我埋下了一颗炸弹。如果你不答应，你的飞船就会被炸得粉碎——除非你不顾她的死活，直接从她的身上倾轧过去。我知道异星人身上有许多超能力，可就算你会瞬间移动也救不了她。”

归璨暗自咬了咬牙。艾布纳说得没错，刀就架在吕暖暖的脖子上，他根本不敢轻举妄动。

艾布纳取下吕暖暖口中的毛巾。

“现在你可以向他呼救了。”艾布纳说，“告诉他，你很害怕，你要他停下来。”

艾布纳还想钳制住吕暖暖的下颌，吕暖暖挣扎着甩开了他的手。

“归璨，你之前对我说过，异星球很美，你很想念那里，因为那里是你的家。”她的语气很平静，“那里有你的过去，有你的亲人。他们对你很重要，不是吗？我也有亲人，我也有爷爷，我知道这种感受。所以如果你是回家，我是不会阻拦你的。你不必顾及我。”

艾布纳没料到她会这么说：“你不想活了？”

吕暖暖也冷笑起来：“话说得好听，你一开始就根本没打算留下知情的活口吧？”

他明显是起了杀心的。他埋下这么多炸弹，怎么可能会让他们全身而退？

既然如此，与其几个人都死在他的手上，那她还不如让归璨平安无事地回到故乡。

“闭嘴！”艾布纳恨得咬牙切齿，“少像你爷爷那样阻拦我！”

他又把头转向了蒋谦修。

“蒋，你是我最喜欢的学生。”他再次换上了往日慈祥的表情，但这副假惺惺的表情让吕暖暖觉得恶心，“如果你愿意和我合作，我是不会亏待你的。听我的话，说服那个异星人好吗？我不会让你吃亏的，飞船上的这些技术，我会分你几项——身为科研人员，成就才是第一位的，不是吗？”

蒋谦修终于回了神，他看了看面前的艾布纳和吕暖暖，又看了看自己身旁的归璨。

“你知道的，我喜欢她。”蒋谦修对着归璨开口，“我会把她的人身安全放在第一位。”

“蒋谦修！”吕暖暖挣扎，“别让我看不起你！”

“很好。用你们的话来说，这叫‘识时务者为俊杰’。”艾布纳满意地眯起了自己那双绿色的眼睛，“那么异星人，你的选择又是什么呢？”

归璨的喉结上下动了动——

“我选择她……”

异星球是他的故乡。他在那里长大，那里有他的爸爸妈妈，他的过去。从一开始坠落到地球，他就一直害怕自己再也不能回到那里。

可是真到了选择的时候，他宁可永远地留下来，陪她一起面对生死未卜。

“很好。”艾布纳笑了，“异星人，现在我要你把飞船的最高级使用权限转让给蒋。”

归璨照做。他从飞船上走了下来，抓起了蒋谦修的手，将那只手按到了飞船的正中央。

他深吸一口气，下达了指令：“进行权限转移。”

“收到指令。”语音系统开始播报，“身份识别成功。本次操作不可撤销，请再次确认是否转移权限。”

吕暖暖着急了：“归璨！”

归璨却转过头来，向她微笑：“不要怕，有我在，你不会有事的。”

“我不要……”吕暖暖到底没忍住泪水，“我不要你为我牺牲那么多……”

“我知道这样不明智。”归璨似乎看透了她的想法，“可是暖暖，事关于你，我不敢冒险。”

他回头对语音系统下达了指令：“确认操作。”

“收到指令，正在进行权限转移。”

蒋谦修察觉到原本摸起来像玻璃一样的坚固防护突然消失了，他的手陷入了飞船内部。

“它现在是你的了。”归璨背对着艾布纳，突然向蒋谦修眨了一下眼睛，“你可以进去了。”

蒋谦修一愣，随即就看到归璨向他做出一个口型：“假装启动不了。”

蒋谦修立刻反应过来，表情上没有露出半点儿破绽。他踏上飞船，佯装启动。

“博士，启动不了。”蒋谦修对艾布纳撒谎。

刚才归璨分明已经转移了权限，而且蒋谦修成功踏入了飞船也证实了这一点。艾布纳不由得皱起眉头：“异星人，你要什么花招？”

“启动飞船还需要‘钥匙’。”归璨从自己的衣兜里拿出一个东西，“放了她，我就把钥匙给你。”

他手里拿着的，正是用绝缘橡胶手套包着的密码盒。他把小盒子抖了出来，又让它悬浮在半空中。

那只绝缘橡胶手套是从厨房里直接拿出来的洗碗手套，还是粉红色的。艾布纳一愣：“你为什么要用这东西装钥匙？”

归璨撒起谎来也是面不改色心不跳：“因为好看。”

艾布纳并不清楚异星球上的异星人脑子里到底装的都是些什么审美：“把钥匙给我。”

归璨不傻：“你先放人。”

双方僵持不下，艾布纳只好妥协：“我数到三，咱们一起松手。”

归璨缓缓走到了他们面前。

他已经走到了轨道的末端。这条发射轨道的走势是越来越高的，此刻他们离地面已经有了不矮的高度。

“三，二，一……”

三个数数完，艾布纳突然猛地将吕暖暖推下了轨道。

归璨一愣，立即翻身跳下轨道，抱住了尖叫的吕暖暖。

吕暖暖猛地闭眼，她以为自己会狠狠地摔倒在地，可下坠感却猛然中止。她睁开眼睛，看到归璨正抱着她。

“我说过了。”他咧嘴笑了，“有我在，你不会有事的。”

艾布纳却管不了那么多，他像着了魔一样想要去触碰所谓的“钥匙”。

“我终于等到了这一天。”他放声大笑，“吕聿怀，我终于要超越你了。”

他猛地抓住那只盒子，可眼前突然出现的强电流却让他觉得有些炫目。

酥麻的感觉席卷全身，他很快就意识到发生了什么。

“强电流……”

他踉跄一步，昏了过去。

蒋谦修跑了过来，趴在轨道上向下望去：“你们没事吧？”

归璨抱着吕暖暖重新浮上了轨道：“没事。”

蒋谦修松了一口气，他回头看了艾布纳一眼。

“艾布纳，”他的语气很失望，“我以身为吕聿怀老师的学生为荣，却以身为你的学生为耻。”

他从艾布纳身上翻出了炸弹的控制器。

一系列的声响惊动了安保人员，门口忽然传来清晰的声响。

“来不及了，快！”蒋谦修把归璨推上了飞船，“快！”

可他忘了，归璨已经把权限转移给了他。归璨的脸狠狠地砸在了那层玻璃似的无色外壳上。

“蒋谦修。”归璨咬牙切齿，“你故意的是不是！”

“这是个意外！”蒋谦修连忙否认，他拉起归璨的手放到了飞船的外壳上，“那个要怎么说来着……启动权限转移。”

随着语音系统的提示，权限已经回到了归璨的手上。

“好了。艾布纳所安装的炸弹是遥控的，现在遥控器在我手上，你很安全。”蒋谦修向归璨和吕暖暖扬了扬自己手里的控制器，“这一次，是真的要告别了。”

蒋谦修拉起了吕暖暖的手：“我们先从轨道上下去。”

吕暖暖恋恋不舍地回头看着。她走得很慢，蒋谦修催促她：“快点儿吧，来不及了。”

她张了张嘴：“归璨，再见。”

归璨已经踏入了船舱，他向吕暖暖挥了挥手。

飞船终于启动，房间内响起了巨大的轰鸣声。吕暖暖还没来得及反应过来，就看到飞船已经冲了出去，消失在夜空之中。

这一次他是真的走了。

吕暖暖抿了抿嘴角。

再见了，归璨。

需要多长时间，才能让某个人成为习惯?

不知不觉中，归璨已经变成了吕暖暖的“习惯”。当她回到家里的时候，总会下意识地喊一句“归璨”。

却没有人回应她。

对啊，归璨已经走了。虽然他还会回来，但吕暖暖不知道自己还要等多久。

夜深人静的时候，她就会突然想起他。每当到了这个时候，觉就睡不成了。她趿拉着拖鞋来到沙发前——之前归瓈总是在这里睡觉。

她坐了下来，奶茶也跳到了她的膝盖上。

吕暖暖摸着它柔软的毛发，突然想起了一个东西。

归瓈在临别之际，曾经留给她一个“无线装置”。他说里面存储着他的视频日志，如果她想念他，就可以拿出来看看。

她下意识地摸了摸自己的脖子。

她怕自己把这么重要的东西弄丢，就把它做成了项链，挂在了自己的脖子上。

无线装置上有一个小小的按钮。吕暖暖轻按了一下，那枚无线装置突然就发出光来，在她的面前出现了逼真的全息影像。

原本安分的奶茶在看到归瓈的身影时也喵喵叫了几声，想要挣脱吕暖暖的怀抱跳到虚影的怀里。连它也在思念归瓈。

归瓈的脸突然出现在了吕暖暖的面前。吕暖暖愣了愣，忍不住笑了。

那是归瓈刚刚来到她身边的时候。那个时候他竭尽所能地装着机器人，还要躲着她的视线。眼前的这个视频，就是在厕所里拍的。

“这是我来地球的第三天。”归瓈的脸上挂着掩饰不住的疲惫，“很不幸，我遇到一个地球人，还被她带走了。万幸的是她还没有发现我的身份，而是把我当成了机器人。

“据我的观察，地球人……和我想象的不太一样。他们没有传闻中的那么可怕。地球人没有念力，记忆力水平也很低。和异星球人相比，他们在体力和智力上都不占优势——而且他们在生理结构上存在很奇怪的地方……地球人的生理状况有周期性的变化，所以有时候他们会无缘无故变得脾气暴躁，喜怒无常。”

归璨似乎是想起了吕暖暖在生理期时的残暴行径，无意识地打了个哆嗦。

吕暖暖看见他这副傻样简直要被气笑了：“老娘来‘大姨妈’的时候有这么可怕吗？”

“好可怕。”归璨像是在回答吕暖暖刚才的提问，“地球人很可怕，地球女人更可怕，尤其是来‘大姨妈’的地球女人，简直超级无敌宇宙第一可怕。”

吕暖暖被他的表情逗得露出了笑容。

视频日志里的归璨和她熟知的归璨截然不同。归璨把自己的心里话都说给摄像机听了，这才是他真正的毫无遮掩的内心世界。

转眼间视频跳到了第二个。

“今天是我来到地球的第五天。今天那个地球人告诉了我有关于她的事情。她被人骗过，骗她的那个人叫江贺然。”

归璨的脸上开始出现了疲惫之外的表情，那个表情包含了许多复杂的情感：怜悯，愤怒，难过——吕暖暖甚至觉得，她从里面看出了心疼。

“其实我只是无聊才想听听她的故事的，可是听完之后，我觉得很心疼。”归璨低垂着眼睑，“这可真烦人。本来我就觉得自己有点儿不正常了，那个麻烦的地球女人还对我说‘还是你好，因为你是机器人，所以你永远不会骗我’。可是我的机器人身份从一开始就是一个谎言。

“这样一来，我不就和欺骗她的江贺然没什么两样了吗？如果有一天她知道了真相，她会不会难过——虽然这不关我的事，可是我真的不想再看到她受伤的表情了。”

吕暖暖抿着嘴唇看到这里，嘴角忽然漾起了微笑。

视频又到了下一条。

“今天是我来到地球的第七天。”这次的归璨仍然一副身心俱疲的模样，“地球上的女人在出门前和出门后简直就是两种生物。出门前，她能花几个小时挑衣服化妆，打扮得特别有气质。一回家，立马邋里邋遢，躺在床上就开始抠脚。”

吕暖暖一愣，随即想起来自己之前在归璨面前不拘小节的样子。

简直……不堪回首。

“可是说实话……”归璨转念一想，又觉得大概这份视频日志也不会被除他以外的第二个人看到，也就实话实说了，“打扮得漂漂亮亮的她，和窝在家里的她，都挺可爱。”

视频再次跳转。

“今天是我来到地球的第十五天。”归璨抑制不住地打了个哈欠，“今天也是睡眠不足，而且我今天有任务。”

他伸过手来拨了拨那只蜂鸟似的移动摄像头，将它对准了电视机。

“看到了吗？”归瓈指了指电视荧幕，上面正在播放电视剧，“地球人管这个叫霸道总裁，我今天晚上的任务就是学习怎么当霸道总裁。

“其实学起来很痛苦。我完全搞不懂地球人的思维模式，那些神态动作和台词我学起来好累——可是我得帮帮她。她要去见江贺然，我不能让她独自去面对难堪。我希望我能够帮到她——她已经好久都没笑过了，我很怀念她的笑容。

“她喜欢霸道总裁我就去做霸道总裁。只要能让她开心，我愿意变成任何她喜欢的样子。”

视频跳转到了下一个。

“今天是我来到地球的第十六天。”

奇怪的是，这次的间隔格外长。吕暖暖看着投影里那个傻傻的归瓈，还以为是无线装置出了什么问题。

差不多几十秒之后，归瓈才重重地叹了口气。

“我好像爱上吕暖暖了。”他指了指自己的额头，“今天她吻我这里的时候，我的心一直怦怦跳，到现在也没消停下来。我大概是真的喜欢上了她。”

吕暖暖的睫毛轻轻地颤抖了一下。

这时候视频也转到了下一个。

“今天是我来到地球的第二十天。”这次的归瓈看起来一副咬牙切齿的模样，“反正现在我的梦里都是蟑螂，睡也睡不着，干脆起来录个视频日志。”

吕暖暖一时没憋住，笑出了声。

“地球上有种很可怕很恶心的生物叫蟑螂，大概这么大，还长着触角，触角就有这么长……”归瓅对着镜头比画着，“而且还会飞，还往垃圾桶里飞！”

归瓅似乎想起了什么不该想到的画面，打了个寒噤。

“简直比来了‘大姨妈’的吕暖暖还要可怕。”

吕暖暖哭笑不得。

“我今天还遇到一个和蟑螂一样讨厌的人。”归瓅继续说，“他叫蒋谦修——他说自己从小和吕暖暖一起长大，是她的哥哥。胡说八道，他根本就是喜欢吕暖暖。”

他突然叹了口气。

“吕暖暖，你可要争气一点儿不要被他那么容易就骗走啊。”

视频再次跳转。

“今天是我来到地球的第二十八天。我仍然没有拿到自己需要的阿尔法元件，不过现在的情况还算不错。我的飞船一直停在原来的那座山上，没有人发现。我的伪装身份也没有被人察觉出异样……奶茶，不要乱动！这是很重要的东西，不要把它弄坏了！”

看见面前突然出现了另一个自己，吕暖暖怀里的奶茶也警觉地竖起了耳朵。

那是正在跳跃着想把摄像机打下来的它。镜头突然摇晃起来，让人看着有些发晕。

归瓅一指，奶茶就飘浮在了半空。它翻了几个身，就发现了飘浮的乐趣，然后自顾自地玩了起来。

“刚刚那是一只猫。猫是地球上一种常见的生物，有些调皮，不过挺可爱的。逗留在地球的这段日子，我对地球也有了进一步了解。按照我的观察，地球人好像也没有传闻中的那么恐怖。就我接触到的地球人来说，他们大多数的人都很不错……不过也有不讨人喜欢的家伙就是了。”

“没错，我说的就是蒋谦修。”他愤愤地说，“这个人可真烦人。喜欢谁不好，偏要喜欢我们家吕暖暖？”

看他现在的表情倒像是个受了委屈的小媳妇。吕暖暖不由得笑了。

“先声明，我这不是嫉妒。”他撇着嘴，一脸委屈相，“我才没有嫉妒他！”

可是下一个视频就打了他的脸。

“今天是我来地球的第三十一天。”

不知道为什么，这次的归瑔看起来格外疲惫。

“我感觉我快支撑不住了。”他发愁地挠着自己的头发，“我越来越不能控制住自己的情绪，也控制不了自己的表情——我嫉妒，我嫉妒蒋谦修，我嫉妒他嫉妒得不得了。

“她好像已经察觉到我的不对劲了。我觉得我机器人的身份马上就要暴露了。我该怎么办？我要离开她吗？”

他顿了顿，脸上露出哀伤的神色。

“可是除了她身边，我无处可去啊。”

视频跳转到了下一个。

“我离开她了。”

这次的场景像是在公园。

“这是我迫降到地球的第四十五天。用地球人的话来说，这是一个半月。”他一副无精打采的样子，“一个半月以来，我第一次离开了她。”

他沉默了很久。

“现在我无家可归了。

“临走的时候，我偷走了她的收音机。我承认我舍不得她，哪怕见不到她的面，我也想听听她的声音。听到她的声音，我就觉得自己好像还在她的身边。

“我承认，我想她了。”

吕暖暖眨了眨眼睛。她觉得自己的鼻子有点儿酸。

可还没等她哭出来，画面就又变了。

这次的归璨光着膀子，上身缠着一道医用纱布。

“她知道我的身份了。”归璨的语气很兴奋，“我以为她会害怕，结果她没有。她真的很勇敢……不愧是我喜欢的女孩子。”

他有些高兴得忘乎所以。

“怎么办？”他嘿嘿傻笑，“我觉得我越来越喜欢她了。”

画面黑了几秒，无线装置提示：“将播放最后一个视频。”

归璨的脸庞再次出现，这次，他的目光却是看着她的。

“暖暖，这是我离开地球前的最后一个视频。”

他笑容灿烂地坐在吕暖暖正坐着的沙发上。

“之前我很犹豫，到底要不要把无线装置给你。这里面记载了太多的东西——我的胆怯，我的嫉妒，我所有见不得人的小心思，我不愿意让别人看到的东西都在里面了。连我自己都没有再把这些视频看一遍的勇气……实在是太尴尬了。

“可是这就是我最真实的情绪。人是不会对自己撒谎的，我的这些琐碎的自言自语就是我最真实的想法。它记录了我来到地球上所有的情绪变化。整理之后，我发现，每一条视频的主题都是你。不知道为什么，你总是能占据我所有的注意力。”

归璨腼腆地笑了笑。

“今天你问我，我还会回来吗？听到你这么问，我反而觉得有点儿安心。这说明你是在乎我的吧，这说明你也是想和我在一起的吧？”

“我会回来的。暖暖，我曾经说过，我会永远爱你。直到宇宙中的最后一颗恒星失去光芒，我也将继续爱你。”他坐直了身体，“所以，请你相信我，等我回来，好吗？”

视频结束了。

无线装置收起了光芒，眼前又变得空无一物。

奶茶再次警觉，它无法理解为什么归璨会突然出现，又突然消失。

吕暖暖在沙发上坐了很久。

“我会等你的。”许久，她轻声开口，“我相信你，你一定会回来的。我答应你，我会一直等你。”

三年后。

“各位听众，《倾听心声》自三年前改版以来，就受到了广大听众朋友们的大力支持，收听率屡创佳绩。”

窗外阳光正好。

优质的节目当然不会被埋没。早在两年以前，《倾听心声》就被挪到了热门的白天时段，吕暖暖再也不用昼夜颠倒，独守黑夜。

而吕暖暖没有满足现状，她一直用心打磨着这档节目。她的努力没有白费，充实的内容、恰到好处的节奏，还有她独具个人魅力的主持风格都是这档节目的看点。三年过去，这档节目已经成了电台的王牌。

“为方便各位听众的收听，《倾听心声》将再次更换播出时段。从明天起，也就是2月15日，《倾听心声》将改在每天下午五点至七点的黄金时段播出。陪伴你们的仍然是我，你们的老朋友吕暖暖。希望届时各位听众朋友能继续支持。好了，各位听众，本期的《倾听心声》就到这里。非常感谢各位的收听，我们下期再见。”

每天下午五点至七点，是交通晚高峰的时段，也是电台收听率最高的时候，能被安排到这个时段的，必然是王牌节目无疑。

吕暖暖摘下自己的耳麦，高澜就冲了进来。高澜向吕暖暖伸出了手：“给我红包。”

吕暖暖摸不着头脑：“什么红包？”

“暖暖，你知道这个月《倾听心声》的广告分成有多少吗？这次你的节目破了广告的竞价纪录！你给我包十个红包都不亏！”高澜向她眨眼，“不愧是你，咱们台的当家花旦！”

“真的？”吕暖暖有些惊喜。她当然知道这代表着什么——她的节目影响力已经超过了所有人的想象。

“台里说要给你办个庆功宴。”高澜说，“就今晚，去不去？”

“庆功宴？”吕暖暖连忙摇头，“太奢侈了，我可承担不起。”

“哎呀，说是庆功宴，其实就是找个由头嘛。”高澜向她挤眉弄眼，“只让单身的同志去——怎么样，要不要一起去看看有没有优质男友候选人？”

“我……”吕暖暖摇了摇头，“算了吧。”

高澜的笑容也消失了，叹了口气：“你该不会还想着归璨吧？”

吕暖暖点了点头。

三年了，她无时无刻不在想他。

“你还想他干什么！”高澜恨铁不成钢，“三年了，半点儿消息都没有，你还觉得他爱你？不论是什么原因，一走就是三年也太过分了！”

高澜不知道其中的缘故，吕暖暖只能一笑置之：“他有自己的苦衷。”

高澜叹气：“你可别让他给骗了。”

吕暖暖还是固执道：“我相信他。”

“得，你自己固执去吧，我可去找好男人去了。”高澜不死心地又问了一句，“去玩玩也是好的嘛。今天可是情人节，你一个人在家里不觉得孤单寂寞冷吗？”

吕暖暖还是微笑着摇头，高澜只好放弃：“那我可不管你了。”

走出电台大楼，街上到处都是贴出的情人节广告。天气还有些凉，吕暖暖哈了哈手，轻轻搓了搓，然后把双手插进了大衣口袋。

高澜不说还好，她一说了之后，吕暖暖就真的觉得家里有点冷清。

一个人都没有，就只有一只猫在。

那就干脆先不回家，在街上逛一逛吧。

她漫无目的地走着，不知不觉就到了深夜。

眼看已经十一点钟了，情人节马上就要结束，最着急的人就是那些卖玫瑰花的。情人节一过，他们的玫瑰也就卖不出去了。

所以但凡街上路过一对情侣，哪怕是两条狗，他们也得硬着头皮上去推销一番。

有个卖花的小姑娘大概是病急乱投医，竟然磨到了孤身一人的吕暖暖的头上：“姐姐，买朵花吧，买朵花送男朋友。”

吕暖暖觉得这个小姑娘挺有意思：“你怎么知道我有没有男朋友？”

小姑娘哑口无言。她就是随口瞎说的，哪里知道吕暖暖有没有男朋友。

吕暖暖看着小姑娘怀里的那一大桶玫瑰，突然看到里面有枝没开的花骨朵。

她似乎是想起了什么，于是蹲下身子：“你猜得没错，姐姐是有男朋友的。姐姐要买一朵花送给我男朋友。”

她掏出钱包付了钱，然后挑出那枝花骨朵。

小姑娘说："姐姐，那枝没开，你挑一枝已经开了的吧，开了的更漂亮。"

吕暖暖却说："姐姐觉得这枝就很漂亮。"

小姑娘虽然觉得吕暖暖奇怪，但也没有多说什么。推销出花的她开开心心地走了。

吕暖暖看了看手里的玫瑰，慢慢地往回走着。

路上已经没有人了。吕暖暖看着那朵没开的玫瑰花，有些走神。

看得愣神了，她连路都没看，就直接撞到了一个人的怀里。

吕暖暖刚要抬头道歉，却听到一个熟悉的声音响起。

"这是送给我的吗？"

她猛然抬头，正好对上了归璨微笑着的眼睛。

"归……"

吕暖暖张了张嘴，愣了几秒，然后紧紧抱住了他。

"你怎么才回来？你怎么才回来！"她重重地在他胸口捶了一下，眼泪已经流了下来，"你回来就好，回来就好……"

"对不起。"归璨也抱住了她，"我回来晚了。"

"我还以为我等不到你了。我以为我要等你等到七八十岁，等成一个老太婆，然后你回来发现我没有以前那么漂亮了，干脆就不要我了……"吕暖暖在他怀里呜咽，"我知道你要说什么，我就瞎想了怎么了，你一走就是三年，我瞎想一下怎么了……"

归璨哭笑不得："真难为你天天瞎想这么多还愿意等我回来。"

“后来我就想，七八十岁就七八十岁，变老太婆就变老太婆。”吕暖暖把头埋进了他的胸口，“反正只要我还喜欢你，我就永远是少女。”

归璨微笑着从她的手中拿过玫瑰花，把杆子折了，把花插到了她的头上。

和三年前一样，那朵玫瑰花再次在一瞬间完成了绽放。

“我的少女果然好漂亮。”归璨轻轻吻了她，“永远都是十八岁的样子。”

“说得和真的一样！”吕暖暖搡他，“你见过我十八岁的样子？我十八岁的时候你还不知道在哪儿呢！”

“没见过，”归璨笑了，“但我有信心陪你到八十岁。”

吕暖暖又是鼻子一酸：“那时候我就老了。”

“老了就老了。”归璨说，“反正异星人也不是长生不老。”

“你要想好了。”吕暖暖说，“这次你要陪我一辈子了。”

“嗯，我想好了，一辈子。”归璨回答，“漫长又美好的一辈子。”

因为有你在身边，所以这将会是漫长又美好的一生。

·完·
